LE RÊVE DE LUCY

P. PELOT – T. LIBERATORE – Y. COPPENS

LE RÊVE DE LUCY

LA DÉRIVÉE
SEUIL

Cet ouvrage a été édité à l'initiative
de la Fondation 93,
centre de culture scientifique, technique et industrielle.
Conception et coordination scientifiques et artistiques :
Alain Berestetsky, directeur de la Fondation 93,
et Jean-Michel Morel.

ISBN 2-02-012503-X

Une expérience

Avec *Le Rêve de Lucy*, nous vous proposons de pénétrer dans un monde disparu, un monde sans histoire à l'échelle des générations qui le subirent et le façonnèrent... modestement. Mais il nous a semblé que, même dans un système aux datations démesurées, un système où le million d'années est l'unité de comptage, l'individu n'échappe pas au tumulte de la vie. Lucy était certainement sans croyance, sans nom véritable. Était-elle pour autant sans identité, sans mémoire, sans projet ? Arrachée tôt (elle avait vingt ans) à un destin incertain, elle s'inscrit pour toujours comme un hiéroglyphe involontaire dans la tourbe de la Rift Valley, contribuant, entre autres, à affirmer l'unité raciale du genre humain. Des gestes moins généreux ont fait l'objet de monuments plus imposants, notre contribution à son souvenir s'est voulue chaleureuse et mesurée.

Ce livre est le résultat d'un amour partagé pour cette lointaine ancêtre par trois personnalités heureusement différentes : un scientifique, Yves Coppens ; un dessinateur, Tanino Liberatore ; un écrivain, Pierre Pelot. Notre tâche a consisté à réunir les conditions du dialogue pour ces trois amoureux. Nous avons, avec eux, entretenu un patient et permanent va-et-vient entre deux mondes : celui de l'art et celui de la science, réputés à tort opposés.

Notre démarche ne pouvait se limiter à un simple habillage des découvertes scientifiques par un costume imaginaire. La fiction, celle du récit comme celle du dessin, ne pouvait être perçue comme le miel de l'imagination enrobant l'amertume des faits expérimentaux. L'ensemble se devait d'être homogène, et la liaison intime. Afin de créer cette intimité, nous nous sommes attachés à renforcer l'échange entre l'anthropologue et les artistes. Pour ce faire, chacun a accepté de prendre un risque : pour le scientifique, celui d'une traduction poétique, donc d'une possible trahison de ses travaux ; pour les artistes, celui du travail encadré, du nécessaire respect des informations objectives dans un acte où la création revendiquait tous ses droits à l'émotion. Ainsi, à partir des données fournies par Yves Coppens, le graphiste et l'écrivain ont chacun proposé une interprétation, des images, des scènes fictives. Elles ont été soumises à l'avis du scientifique, qui a accepté de ne juger que de la pertinence des éléments relevant de sa discipline, gourmand pourtant de découvrir leur transmutation en fiction. Les critiques et propositions ont été prises en compte par les auteurs. Tanino Liberatore et Pierre Pelot ont ainsi acquis, durant la conception de cet ouvrage, les bases d'une connaissance anthropologique qui rendent dessins et textes sinon certains, pour le moins plausibles. Yves Coppens, de son côté, a vu avec émotion « son » héroïne — elle qui lui est arrivée presque muette — prendre forme et générer une fiction. C'est sans doute pourquoi ces séances de travail ont été des instants d'intelligence où se sont mêlés l'art du savant et ceux du littérateur et du plasticien.

Le résultat de cette démarche est nécessairement hybride. Nous pensons que cette hybridation est féconde, comparable à celle que des chercheurs mettent en œuvre dans leurs laboratoires en croisant des espèces. Le résultat de ces recherches, ils le nomment « chimère ». Et c'est avec ces chimères, nées de leur imagination et de leur savoir, qu'ils participent à une explication du monde. Avec *Le Rêve de Lucy*, nous avons tenté de créer un genre nouveau : le « merveilleux scientifique ». Il s'agit d'une catégorie littéraire distincte de la science-fiction en ce qu'elle ne repose pas sur des spéculations extrêmes ou des paraboles désenchantées, mais propose une approche ludique de l'état de la recherche scientifique et de la connaissance. La fréquentation du « merveilleux scientifique » peut être, pour certains, le premier pas vers une approche plus approfondie du savoir. Il nous paraît en effet nécessaire que le plus grand nombre, à défaut de s'approprier toutes les connaissances produites par les chercheurs, dispose de judicieux jalons sur l'état de la science. Il s'agit là, sans doute, d'un enjeu majeur de la formation du citoyen. Pour décider dans un monde qui change, il faut connaître, comprendre. Il n'y a ni chemin exclusif, ni chemin privilégié qui serait tracé entre le savoir scientifique et le grand public. Le terrain doit être défriché par de multiples expériences. De notre point de vue, l'association entre l'art et la science est parmi les plus prometteuses.

La Fondation 93, centre régional de culture scientifique et technique, basée à Montreuil, en Seine-Saint-Denis, explore depuis plusieurs années diverses voies de mise en forme de ce que l'on nomme « vulgarisation ». Après avoir expérimenté d'autres médias (expositions, audiovisuels, modules itinérants, etc.), elle choisit aujourd'hui d'ouvrir de nouveaux chantiers, de rechercher d'autres outils. Parmi ceux-ci, le livre s'est imposé par les possibilités qu'il offre au lecteur d'accéder par le biais du plaisir du récit et de la séduction de l'image à la découverte de points de repère qui fondent l'un des champs scientifiques parmi les plus sensibles : l'histoire des origines de l'homme. Cette expérience a été rendue possible par l'engagement d'Yves Coppens, de Pierre Pelot, de Tanino Liberatore. Qu'ils en soient très sincèrement remerciés.

Alain Berestetsky et Jean-Michel Morel

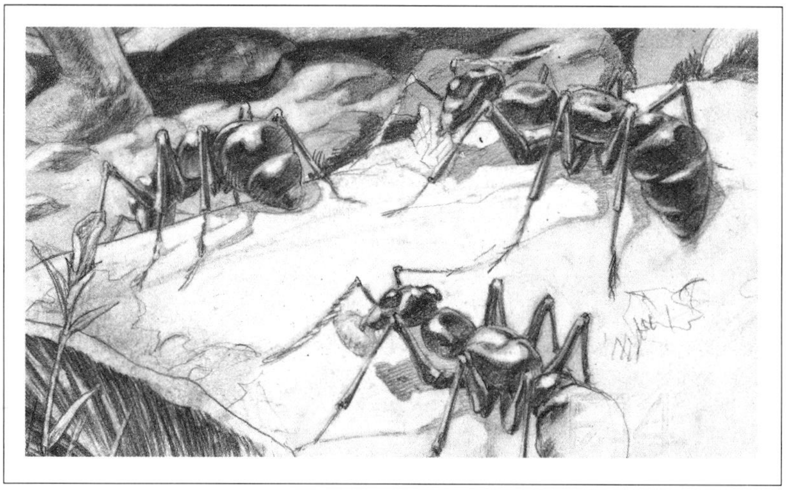

ELLE se trouvait sur le bord de la rivière, et la chaleur du jour commençait de glisser vers le soir, quand leur odeur vint jusqu'à elle, quand elle les vit pour la première fois. Elle était accroupie sur les pierres dures de la berge ; des herbes chatouillaient l'intérieur de ses cuisses. Elle était là et elle regardait l'eau.

Elle aimait bien regarder l'eau. Parfois, cela lui procurait la même sensation que lorsqu'elle s'endormait, mais elle n'était pas endormie, bien au contraire, elle avait les yeux grands ouverts — elle se sentait parfaitement apaisée, comme quand on sait que, pour un moment, il n'y aura plus à veiller ni à craindre.

Depuis que la lumière était revenue une fois encore, ç'avait été facile et sans heurt. Elle avait mangé. Tous et toutes avaient mangé. Les petits qui se nourrissaient encore à leur mère avaient été réunis dans un creux de sable et d'herbe chaude, où les pierres étaient plutôt rondes que coupantes, sous la surveillance de celui qui marche lentement. Du premier instant de la nouvelle lumière à maintenant, ni les petits que surveillait celui qui marche lentement ni celui qui marche lentement que taquinaient les petits n'avaient crié et piaillé beaucoup (certaines fois, ils n'arrêtaient pas, et les mères étaient forcées d'accourir et on aurait presque pu croire que celui, couleur de terre, aux dents qui frappent passait par là). La chaleur était bonne. Dans leur trou, ils avaient tous somnolé.

Les autres hardes qu'elle avait pu apercevoir jusqu'alors et dont les présences étaient parvenues à ses narines, n'étaient pas de celles qu'il est prudent de fuir. Elle avait juste vu ceux qui sautent et qui courent si vite, avec comme des branches sur la tête ; ils n'ont jamais fait de mal, tous ceux qui se souviennent le savent. Elle avait maintenant de longs souvenirs... moins, sans doute, que celui qui marche lentement, mais néanmoins déjà beaucoup.

Elle était la troisième et dernière femelle adulte du groupe — avant, quand elle était petite (voilà les choses dont elle se souvient), elle avait moins de force mais courait plus vite et sautait plus haut, comme ceux et celles de maintenant qui sont venus après elle. La troisième et dernière femelle, cela signifie que, d'abord, devant elle, il y a celle qui suit celui qui marche le plus vite, et celle qui ne voit qu'une fois. Elle les a toujours vues, et elles sont encore là. Il y en avait d'autres, mais qui se sont arrêtées de marcher à un moment, à un autre.

Elle se souvenait souvent, mais pas tout le temps. Bien sûr, il y avait des instants plus propices. Quelquefois, c'était ce qu'elle voyait, ce qu'elle avait sous les yeux, qui appelait d'autres images enfouies. Le phénomène était étrange et ne laissait pas de la surprendre, provoquant une sensation mixte de plaisir et de crainte — et elle ne comprenait ni le plaisir ni la crainte, elle n'expliquait pas, elle ne trouvait aucune raison à cette réaction. C'étaient des images pourtant retombées en poussière, évanouies comme quand l'ombre s'efface au bout des gestes en même temps que la lumière du ciel décline ; c'étaient des images *disparues*, qui pourtant resurgissaient en elle. Rien que pour elle ? Tous les autres connaissaient-ils ces mêmes images, celles-là, ou bien possédaient-ils chacun les leurs ?

Ce qui est une fois, après être passé, ne devient pas charogne et pourriture molle, comme un arbre ou toute autre chose vivante ; non : il y a les images, elles ne demandent qu'à être vues, recueillies, adoptées. Les images flottent dans le vent, sur l'haleine de celui qui souffle fort et qu'on ne voit jamais ; les images viennent se réfugier dans le ventre de qui les mange : il leur suffit de se coller aux racines, aux feuilles, partout. Peut-être même qu'on les avale simplement en aspirant.

Il y avait des instants où le souvenir n'était provoqué par rien, c'est-à-dire rien de visiblement évocateur. Comme par exemple regarder l'eau, frétillante et brillante, qui coule avec ce petit bruit qu'elle fait, dans les odeurs bien particulières qu'on ne trouve nulle part ailleurs et certainement pas là où il n'y a pas d'eau. Les odeurs de l'instant lui disaient que la chaleur avait pesé depuis longtemps, non seulement ici mais plus loin, très loin sans doute, là-bas d'où vient l'eau. Et pour longtemps encore, puisque rien dans l'eau ne changeait. L'eau qui n'était pas haute alors qu'elle aurait dû l'être. Et là-haut c'était d'une seule couleur.

Ils savaient tous que rien ne changerait avant longtemps. Ils savaient tous lire dans l'eau qui court à terre, et dans la couleur du ciel, là-haut, et dans l'haleine de celui qui souffle fort et qu'on ne voit pas.

Le murmure étincelant s'enroulait autour d'elle, avec les odeurs d'herbes mortes, celles des sables découverts au milieu de la rivière, les odeurs de vase collée aux pierres dénudées. Il y avait parfois de petits frissons d'écume, presque rien, sur la crête plate de certaines vaguelettes, toujours les mêmes, et qui naissaient pour mourir aussitôt avec une régularité étonnante. Sans fin.

Elle regardait les vaguelettes, les bulles de l'écume, qu'elle accompagnait en soufflant de la salive entre ses dents et ses lèvres entrouvertes. C'était pareil, la même chose. C'était la salive de l'eau. Peut-être que l'eau qui coulait en chantonnant était une longue chose vivante, en train de crachoter sa salive au passage, une longue chose qui venait de loin, qui allait loin, qui passait là.

Elle ne verrait jamais ni le début ni la fin de l'eau, comme on peut voir quelquefois le début et le terme d'une existence vivante — quand, après, il ne reste que les images qu'on mange et qui se collent dans votre ventre pour devenir des souvenirs.

Elle écoutait. De loin en loin, elle cessait de pousser entre ses dents la salive qui emplissait sa bouche, comme elle cessait de l'aspirer quand la bulle menaçait de crever. La bulle crevait. Le filet de salive coulait dans les poils rudes et clairsemés de son menton, s'étirait et s'amincissait derrière la goutte lourde, brillant comme le brin d'une toile d'araignée dans la fraîcheur de la pointe du jour, jusqu'à la cassure qui voyait la gouttelette, maintenant petite, s'accrocher et briller encore un

instant dans les poils moins rudes de ses mamelles. Elle écoutait. Une infinité de petits bruits crépitaient alentour, comme si la chaleur rampait dans les herbes et sous la première pellicule de poussière qui recouvrait le sol. Elle savait bien que ceux qui se trouvaient à la source des bruits étaient presque aussi nombreux que les pierres de la rivière, ou que les vaguelettes étincelantes de l'eau ; elle les connaissait depuis longtemps, depuis qu'elle était toute petite. Par la suite, à son tour, elle les avait montrés aux petits qui étaient sortis de son gros ventre, quand ils s'étaient trouvés en âge d'entendre et de s'inquiéter. Elle les avait rassurés, en leur montrant ceux qui grouillaient partout, dès qu'il faisait chaud. Ils étaient nettement moins nombreux, et parfaitement silencieux, quand l'eau tombait d'en haut ; ces petits êtres semblaient ne guère aimer l'eau, bien qu'elle en eût vu nager souvent, à la surface, sur les berges, et ceux qui vivaient sous l'eau venaient les manger, aoump, d'un coup de gueule... ils préféraient la chaleur, le sec, et alors il fallait les entendre jacasser de bonheur, sinon ils se cachaient, ils se taisaient.

A ses pieds, deux colonnes parallèles de fourmis noires s'activaient ; une colonne allait dans un sens, l'autre dans le sens contraire. Les petits individus d'une colonne portaient des débris de feuilles ou de paille, ceux de l'autre colonne rien. Parfois, ils se percutaient, marquaient une légère hésitation, mais rien ne semblait de taille à arrêter, ni même interrompre, le flux aller retour de ce défilé.

Elle savait très bien où allaient et d'où venaient les petits êtres noirs qui piquent si on les attrape. Ils ramassaient toutes sortes de morceaux d'herbes et de feuilles pour en faire des entassements, quelquefois jusqu'à la hauteur du regard dressé debout, comme de petites montagnes quand on les voit de loin, et ils grouillaient dessus. Et ils grouillaient dedans, avec de minuscules pierres blanches et molles qu'ils trimbalaient en tous sens.

Elle avait poussé une fois celle qui suit celui qui marche le plus vite dans une de ces petites montagnes. Dans le grouillement. A l'évocation de l'image de l'événement, enfouie en elle et qui surgissait à chaque fois qu'elle voyait défiler des petits êtres noirs et piquants, une sensation d'apaisement la submergea. Un faible bruit de joie, qu'elle ne put retenir, franchit ses lèvres.

Elle poussa son pied un peu plus avant, de manière à barrer le chemin tracé des fourmis. Le mouvement la déséquilibra et elle s'appuya sur le dos de sa main pour ne pas tomber lourdement assise. Des petits êtres noirs et piquants escaladèrent sans hésiter ses orteils, courant sur les croûtes de terre amalgamées dans les poils. Elle retira son pied. Les fourmis poursuivirent leur cheminement comme si rien ne s'était passé ; quelques-unes mirent un peu de temps à descendre du pied qu'elle avait écarté de leur trajet, sans la piquer, et regagnèrent la file de leurs congénères ; à présent, il leur fallait descendre dans l'empreinte laissée dans le sable mou, puis remonter de l'autre côté, le long de la paroi friable.

Elle pouvait rester longtemps, ainsi, à regarder et écouter l'eau miroitante, et aussi la multitude de petits êtres qui gratouillent dans les herbes quand il fait chaud. Elle pouvait rester longtemps à attendre que les images entassées en elle se désemmêlent et remontent de son ventre, où elles étaient depuis qu'elle les avait mangées, jusqu'à ses yeux. Les images grimpaient et s'arrêtaient *devant* ses yeux tout autant que *derrière*. Elle pouvait fermer les paupières : cela n'empêchait pas de voir néanmoins les images (les images ont cette faculté-là d'exister de cette façon, une fois qu'elles ont été mangées par quelqu'un).

Elle pouvait rester assise à un endroit tranquille, sans bouger, ou presque, sans autre mouvement que celui de ses lèvres sur des bulles de salive suivant le rythme des fragiles écumes de l'eau, être là à regarder se mouvoir les colonnes noires de ceux qui sont comme des graines avec des pattes, longtemps. Longtemps.

Ceux qui mangeaient, marchaient et dormaient ensemble, avec elle, la désignaient entre eux d'un geste qui signifiait « à l'écart ». Ils montraient le groupe, tournant les doigts en rond, et puis pointaient l'index, comme une claque nonchalante du revers dans le vide, pour signifier celle qui se tenait hors du rassemblement. Sans aucun doute avait-elle cette image dans leur ventre, cette image qu'elle s'accordait à elle-même : celle qui reste seule longtemps.

Puis elle eut soif, après que la chaleur d'en haut eut pesé longtemps sur son crâne et ses épaules voussées, sur sa lèvre du dessus, sur le sommet de ses oreilles. Elle entendait loin derrière elle, plus bas sur la rivière en même temps que du côté des arbres à l'intérieur des terres, les faibles cris des petits qu'on laissait très souvent à côté de celui qui marche lentement. Ils s'étaient réveillés, sans doute. Ils appelaient celles qui les nourrissaient.

Elle n'avait plus de petits à nourrir. Ses mamelles étaient dégonflées, presque plates et ballantes sur son torse au moindre mouvement, avec leur extrémité dure et racornie émergeant des poils fins et longs comme des excroissances maladives, inutiles. Elle en avait nourri autant qu'il restait maintenant de femelles finies dans le groupe. Un d'abord, et un, et un. Et de tous il ne restait que le dernier maintenant, et il n'était plus petit.

Elle était satisfaite de n'avoir plus de petits à nourrir. Celui qui reste est aussi grand qu'elle et il porte souvent, sur son étrange face, des grimaces tranquilles. De lui, elle a l'image de celui qui n'a pas de couleur pour regarder. Car tous ceux qui se tiennent debout ont généralement, en ces deux endroits de la tête, une couleur sombre pour regarder. Mais pas lui. Il est si clair qu'on pourrait croire qu'il n'a que les deux endroits, et pas de couleur.

Tandis que là-bas les petits gémissaient et criaient, maintenant — comme si celui qui marche lentement ne s'en souciait pas, ou comme s'il était parti —, elle entendait monter de la gorge de celles qui nourrissent des rauquements d'apaisement. Elle était environnée d'images qui lui rappelaient qu'elle avait été de leur nombre, avant qu'un et un sur ceux qui étaient sortis de son ventre s'endorment pour ne plus s'éveiller. Il y avait toutes ces images-là, et elle était encore plus satisfaite de n'avoir plus de petits à nourrir, maintenant.

Elle avait soif et se redressa, accroupie. Le mouvement provoqua et poussa quelque chose au fond de son ventre. Elle attendit que s'achève de couler le jet chaud, entre ses pieds, provoquant la panique de la cohorte de fourmis noires. Elle regardait les petits êtres piquants qu'emportait entre les pierres la coulée d'urine jaune ; un son d'amusement tomba de sa bouche. Puis elle se redressa, avec son regard à hauteur de l'extrémité des herbes coupantes dont on ne mange que la partie dans la boue. Alors, leur présence vint jusqu'à ses narines, et un peu plus tard elle les vit pour la première fois.

Debout, figée, après que ses bras se furent abaissés le long de son corps, les doigts de sa main gauche comme s'ils caressaient les tiges de l'herbe, puis s'immobilisant. Un frisson courut le long de son dos, et sous les plaques de toison floue, roussâtre, les muscles vibrèrent.

Jamais elle n'avait vu un aussi grand nombre de semblables, ensemble. Et, les voyant, elle s'aperçut qu'elle avait toujours cru qu'il ne pouvait y avoir plus important que le groupe au sein duquel elle était née et au sein duquel elle marchait. Et voilà que ceux-là, tout à coup, étaient presque plus importants en nombre qu'un rassemblement de ceux qui sautent et courent vite avec comme des branches d'arbre sur le front.

Ils se trouvaient beaucoup trop loin encore pour qu'elle puisse les distinguer nettement. Mais leur présence était venue jusqu'à elle, portée par l'haleine légère et chaude de celui qui souffle et qu'on ne voit pas.

C'était une présence de sang, de viande pourrissante, de déjections durcies. Comme une présence de nombreux quatre pattes noirs à la peau brillante, ou bien aussi de ceux aux dents qui frappent.

Et pourtant ils étaient debout. Apparemment des semblables, d'après ce qu'elle pouvait voir, et pour une partie de leur présence aussi.

Elle ne comprenait pas.

Elle ne pensait pas à fuir. A aucun moment, elle n'eut peur de ces *autres* qui venaient d'apparaître au bas de l'élévation de terre rouge, sur le bord opposé de la rivière enguirlandée d'étincelles d'eau, nappée de vase découverte.

Elle était celle qui reste seule longtemps, et longtemps le resta pour les regarder évoluer, là-bas. Et ce fut un peu comme si elle sortait du sommeil quand elle se rappela les siens.

Elle s'était longtemps attardée à les regarder, à travers et par-dessus les herbes. Elle avait cherché à s'imprégner le plus possible des odeurs de leur présence. De longs instants, elle s'était tenue là, sur la berge basse, dans cette posture pratiquement pétrifiée, les paupières mi-closes et la tête levée jusqu'à former un gros pli de chair sur sa nuque. Respirant les présences de ces autres-là, jamais vus, jamais vus du plus loin qu'elle pouvait faire revenir en elle des images, de toute sa vie — et sa vie compte des images d'alternance de temps de chaleur et de temps d'eaux du ciel au moins aussi nombreuses que les doigts de ses mains et ceux d'un pied... mais elle ne sait pas combien d'images sont enfouies dans son ventre quand elle était petite... ou il est très possible qu'on ne sache pas manger correctement les images quand on est petit... mais enfin : c'est déjà une longue vie... et ce qu'elle sait de sa vie, de son âge, c'est qu'elle a vu souvent se succéder la lumière et le sombre, la lumière qui vient et qui s'en va, le froid et le chaud, les eaux qui roulent au sol avec force ou bien paisiblement et celles qui tombent de là-haut, les lumières éblouissantes et rondes qui apparaissent et se cachent au-dessus de la terre, quand il fait sombre comme quand il fait clair.

Vingt ans.

Mais que signifie *vingt ans* pour son souvenir ? Rien. Une année, ça n'existe pas. C'est bien trop grand pour la mémoire comme pour la conscience du présent qui a tant et tant à faire du matin au soir et du soir au matin. Par bonheur, il y a les images.

Et du plus loin qu'elle appelait les images, du plus loin que les images venaient à son secours pour tenter de comprendre, elle ne trouvait rien de ceux-là, de ces *autres* à la fois pareils, debout, et différents.

Ce qu'elle comprenait le moins, c'était leurs présences à odeur persistante qui tournaient autour d'elle dans le léger tremblement de chaleur. Si elle ne les avait pas vus, si elle avait fermé les yeux, elle aurait pu croire à une approche de quatre pattes. Et pas un seul, mais plusieurs, et pas seulement de ceux qui se ressemblent, mais des différents, et réunis, ensemble, ce qui ne se produit jamais : à la fois de ceux aux dents qui frappent et de ceux aux poils comme la nuit avec des yeux de pierre, et de ceux aux poils comme l'herbe sèche sur le dos, et encore, même, ceux avec le nez qui touche le ciel — voilà à quel rassemblement elle aurait pu croire, fermant les yeux, à la simple odeur de présence des *autres* nouveaux venus.

Avec les odeurs flottantes des chairs pourrissantes de ceux qui ne se réveilleront jamais, sinon sous la forme d'images.

Elle ne comprenait pas.

Pourtant, toutes ces présences dangereuses cachées derrière l'apparition des *autres* ne provoquèrent en elle d'autres réactions que l'attente, la curiosité et une patiente immobilité qu'elle espérait propice à la compréhension. Mais pas la peur.

Et c'était un autre mystère.

Car au fond ces odeurs-là, si naturellement annonciatrices de danger, de douleur et de sang, s'accordaient pour associer à la force évocatrice l'inoffensive et creuse dimension des images. Ces odeurs-là ne criaient pas, ni ne montraient les crocs.

Mais la peur viendrait plus tard, instillée progressivement, une fois retombée la première incrédulité stupéfaite provoquée par la situation nouvelle. La peur, avec les interrogations et les certitudes évidentes qui y répondaient. La même peur, avec d'autres interrogations pour lesquelles les réponses inconnues, si elles existaient, ne se trouvaient certainement qu'au-delà de terribles espaces, comme les gouffres vides qui bordent les pentes abruptes de certaines montagnes, au bord desquels on se tient sans plus oser faire un geste parce que ça tourne dans la tête.

Et puis les odeurs des présences de viandes âcres se dissipèrent. S'estompèrent. Faiblirent quelque peu.

Elle ouvrit grands les yeux. La lumière descendue plus bas sur le fond du ciel, et qui se réverbérait sur l'eau de la rivière, l'obligea aussitôt à plisser les paupières ; pendant un instant, des miroitements dansèrent dans son regard. Elle grogna, doucement, du coin des dents, manifestant un peu de surprise, un peu d'irritation, quand elle se rendit compte que les *autres* avaient disparu derrière son éblouissement.

Elle plissa davantage son regard, l'aiguisant, balayant la rive lointaine et les hautes herbes au-delà, les arbres disséminés en taches et bosquets jusqu'aux pentes des premières ondulations des terres rouges, couvertes d'arbres plus hauts, plus touffus. Sans aucun doute, c'était de là qu'*ils* étaient venus. Pour qu'elle n'ait pas senti leur présence avant, pour ne les avoir pas vus plus tôt, ils ne pouvaient venir d'ailleurs — et certainement pas suivre les traces de la petite harde, le long du large chemin d'eau à demi sec.

Étaient-ils retournés sous le couvert des arbres épais et nombreux, sur les pentes des hautes terres ? Bien sûr, c'était possible, mais elle ne le croyait pas. Pour quelle raison se seraient-ils approchés de la rivière, et pourquoi s'en seraient-ils éloignés brusquement, sans y avoir rien fait d'autre que flâner un instant ?

S'ils avaient vu les membres de la harde, ils n'en avaient certainement pas eu peur. Ils étaient — d'après ce qu'elle était bien sûre d'avoir vu et d'après la force des odeurs de présences encore incrustées dans ses narines — comme plusieurs fois la harde de ce côté-ci de la rivière. *Plusieurs fois.*

Elle bougea. Elle recula de quelques pas, courbée, et de ce fait se trouva surélevée d'une petite hauteur au-dessus du niveau de l'eau. Mais elle n'aperçut rien de mieux. Il y avait là-bas les grandes ondulations de l'herbe avec ses changements de couleur, avec les arbres, et dans leurs branches une multitude de ceux qui glissent au-dessus de la terre sur leurs grands bras légers. Il y avait les arbres en grand nombre, jusque tout en haut des terres, d'où ils étaient venus, et sur la crête des arbres le bleu-gris du ciel sans tache. La lumière étincelait sur l'eau. La chaleur tremblait, faisait vibrer les ombres, comme pour tenter de les briser. On entendait comme jamais les bruits crissants et emmêlés de tous les petits

êtres qui vivaient à terre, sous les herbes, dans les arbres (leurs bruits qui témoignaient le plus fréquemment de leur existence, et quelquefois aussi leurs piqûres...).

Émergeant de cet entrelacs de bruits rampants, les petits cris provenant des buissons de baies rouges lui rappelèrent l'existence proche de ceux et celles de sa harde. Elle frissonna. Les cris s'élevèrent et devinrent piailleurs. Elle identifia sans peine celle qui ne voit qu'une fois. Avant, celle qui ne voit qu'une fois ne pouvait se distinguer ainsi ; elle voyait deux fois, comme tous et toutes, et puis le coup de griffe d'un petit quatre pattes qui sautait dans les branches lui avait arraché un œil ; depuis, elle criait souvent, pour rien, il suffisait qu'on mange les baies du même buisson qu'elle et alors elle montrait ses dents, elle secouait la tête d'une curieuse façon en regardant une seule fois, de côté, comme ceux qui ont la bouche en corne et qui glissent dans les airs avec leurs grands bras légers.

Les cris et piaillements prirent de l'importance, bientôt toute l'importance. On devait les entendre de l'autre bord du grand passage à demi sec des eaux miroitantes — sans aucun doute les entendre depuis les grands arbres de là-bas, où les *autres* se tenaient maintenant, invisibles, et leur présence envolée.

Elle quitta la berge, où elle était venue s'accroupir pour regarder l'eau, après que son ventre plein lui eut procuré l'apaisement — elle laissa, au sol, la double colonne des petits êtres noirs et piquants qui allaient et venaient, chacun remplissant une occupation particulière et puis revenant sur ses pas. Elle marcha, dans un premier temps, à reculons, un peu courbée d'abord, et puis se redressant progressivement, cherchant toujours à repérer de nouveau les *autres*, au-delà de la rivière. On ne voyait plus rien, il n'y avait plus rien, personne. Les présences étaient si peu fortes, désormais, au fond de ses narines largement ouvertes qu'elle aurait pu croire vraiment à la réalité différente — une simple réalité d'images — de ce qu'elle avait vu.

Mais elle savait la vraie réalité de tout cela. Les présences étaient encore dans ses narines, quoique affaiblies, et n'avaient rien à voir avec les images qu'elle gardait devant les yeux, à peine avalées, sitôt revenues.

Quand elle fut certaine qu'elle ne les verrait plus, après avoir reculé vers les siens jusqu'à entrer dans l'ombre roussâtre des arbres du bosquet, elle tourna sur ses talons. Elle avait la rivière derrière elle et à son côté de la main qu'elle utilisait le plus souvent. La présence des *autres* s'estompa encore, mais demeura suffisamment pour qu'elle garde la certitude de ce qu'elle avait vu.

Les cris étaient bien proférés par celle qui ne voit qu'une fois, et pour la raison supposée. Celui qui marche lentement s'était approché du buisson où elle cueillait, et il arrachait des baies qu'il portait l'une après l'autre à sa bouche, aussi tranquille que s'il s'était trouvé seul et donnant l'impression qu'il n'entendait ni ne voyait la femelle courroucée. Il avait abandonné au pied de l'arbre en forme de main ouverte, dans leur trou d'herbes et de branches entassées, les petits laissés à sa surveillance. Parce qu'ils se retrouvaient seuls, les petits s'étaient mis à crier et couiner. Ils étaient en nombre égal à celui des gros troncs évasés de l'arbre — comme les doigts d'une main, avec une petite femelle en plus des petits mâles. Celle qui marche en balançant et celle qu'on ne regarde pas souvent s'étaient précipitées vers l'arbre. Elles apaisaient les petits en poussant des gémissements doux, clapant des lèvres et de la langue, et puis elles les prenaient contre elles et les frottaient sur leur ventre.

Plus loin, il y avait celui qui n'a pas de couleur pour regarder ; comme à son habitude, il contemplait la scène avec une grimace avenante sur la face. Parfois, il émettait des bruits de gorge en cascades brèves, pour signifier son contentement et son désir de jouer.

Mais personne ne lui accordait d'attention.

Un peu plus à l'écart, l'autre mâle, celui qui marche devant (ou celui qui marche le plus vite), était monté dans la basse fourche d'un gros arbre à feuillage jaunissant comme l'herbe — le dernier arbre de taille importante avant la lisière des grands bosquets — où il se tenait accroupi, les coudes posés sur le plat des cuisses, appuyé d'une épaule au tronc.

L'apercevant, elle se dit que de cette position élevée il avait certainement dû voir les *autres* — les voir, à défaut d'avoir senti leur présence.

Elle poussa légèrement dans le dos celle qui ne voit qu'une fois, juste pour attirer son attention, et le réflexe de celle-ci fut défensif ; elle sursauta, interrompit ses trépignements, grincements de dents proférés à l'adresse de celui qui marche lentement, poussa un cri aigu de surprise, crut que celui qui marche lentement avait trouvé du renfort pour dépouiller le buisson de ses baies : elle montra les dents en soufflant furieusement.

Celle qui reste souvent seule recula d'un petit bond vif, afin de se mettre hors de portée d'un éventuel coup des grandes mains plates de la femelle borgne. Elle se balançait sur ses pieds, à droite et à gauche, se soulevant en appuyant alternativement sur l'extérieur de la plante et sur l'extrémité du pied. Il fallait qu'elle leur communique ce qu'elle avait vu quelques instants auparavant, dont les images lui restaient derrière les yeux et la présence dans les narines ; elle devait le leur faire savoir, en raison même de la totale nouveauté de l'événement, et pourtant cette originalité la laissait précisément dépourvue du moindre signe adapté et reconnaissable susceptible d'en rendre fidèlement compte.

Elle indiqua la direction de l'endroit, au-delà de la rivière, où les *autres* étaient apparus et avaient disparu. Elle fit le signe de se désigner et celui de regarder. Elle fit le signe de se représenter dans la harde, avec la harde, et puis le signe saccadé de la multiplication du nombre, et le signe enfin que tout cela se trouvait là-bas.

Celle qui ne voit qu'une fois avait cessé de glapir et de souffler entre ses dents Elle avait également cessé d'accorder de l'attention à celui qui marche lentement, ce que ce dernier mettait à profit, cueillant à pleines poignées rafleuses aux branches du buisson convoité et enfournant dans un coin de sa bouche les baies granuleuses qu'il écrasait dans ses doigts, ses paumes et ses lèvres striées de rides profondes entre les poils longs et blancs. Un peu tassée sur elle-même, dans une attitude défensive, totalement méfiante, celle qui ne voit qu'une fois attendait sans paraître comprendre, la face légèrement tournée à sa manière habituelle afin d'ouvrir au maximum l'angle de vision de son œil valide ; l'œil droit, lui — ou plus exactement : l'emplacement de l'œil droit disparu —, offrait une apparence rosâtre et bourrelée ; pendant longtemps après que la griffe lui eut arraché l'œil, la plaie avait suppuré, coulant de l'eau ; à présent, c'était sec, ou simplement moite, avec des fragments de croûte dure qui se reformaient régulièrement quand on les arrachait.

Puis elle recommença les signes, mais celle qui ne voit qu'une fois n'attendit pas que se déroule le cycle complet et elle agita les mains devant elle pour ne plus rien voir. Ne plus rien entendre.

Alors, elle s'éloigna du buisson. L'instant d'après, celle qui ne voit qu'une fois avait bondi sur celui qui marche lentement (et qui ne tenait plus guère en bon équilibre sur ses jambes arquées par le long poids du ciel au-dessus de lui) et elle le poussait, l'envoyait valdinguer cul par-dessus tête dans les épines d'un buisson voisin ; elle criait et s'agitait comme si elle avait marché sur un trou rempli de bestioles piquantes et ronflantes. En d'autres circonstances, la scène aurait pu provoquer de la joie paisible en elle — mais elle avait beaucoup plus important en tête.

Elle courut vers l'arbre dans l'enfourchure duquel se tenait celui qui marche le plus vite. Mais dès les premiers pas, celle qui suit celui qui marche le plus vite se mit à courir elle aussi, arrivant en même temps qu'elle à petite distance du gros tronc.

Ce n'était pas à celle qui suit celui qui marche le plus vite qu'elle voulait adresser les signes, et pourtant elle y fut presque forcée, ne serait-ce que pour désamorcer l'attitude agressive de la grande femelle aux grosses mamelles rousses. Celle qui suit celui qui marche le plus vite et celui qui marche le plus vite, en même temps, regardèrent vers là-bas, tendirent le cou, reniflèrent puissamment. A distance, celui qui n'a pas de couleur pour regarder, qu'avaient rejoint celle qui marche en balançant et celle qui a la bouche vide, portant à elles deux les deux petits mâles et les deux petites femelles, immobilisés, avaient tous et toutes porté leur attention sur l'arbre, puis, là-bas, sur l'autre rive vide de la rivière.

Puis ils la regardèrent.

Elle fit encore les signes, disant par le geste et les bruits appropriés ce qu'elle avait vu.

Mais celle aux grosses mamelles vint se placer très nettement en face d'elle, pour l'empêcher d'avancer plus loin en direction de celui qui marche le plus vite.

Elle comprit qu'ils ne l'écouteraient pas. Elle était comme frappée en dedans d'elle-même par une sorte d'étonnement amer... pas plus qu'ils ne voulaient entendre ce qu'elle tentait de leur faire savoir, elle ne comprenait pourquoi elle s'était sentie obligée de leur communiquer cette information, pourquoi elle avait estimé très important de partager avec eux les images.

Pour n'être pas seule, bien entendu.

Parce que les *autres* signifiaient la dangereuse possibilité de voir envahis tous les buissons de baies, toutes les plantes à racines agréables.

Parce qu'il était un temps où celui qui se trouvait dans la harde à la place de celui qui marche le plus vite la prenait contre lui pour dormir. C'était elle, alors. C'était elle qui « suivait celui qui marche le plus vite ».

Mais ce temps-là était fini. Celui qui marche le plus vite, alors, était celui avec un seul bras.

Les images se trouvaient en permanence en elle. Elle n'avait pas d'effort à faire. Celui qui n'a qu'un bras dormait fréquemment avec elle.

Mais à présent il a dormi une dernière fois, et certainement son corps froid a été dévoré par ceux dont toutes les pattes touchent le sol, qui courent si vite et dont les dents sont si longues et fortes.

Maintenant, elle est seule et on ne l'entend pas — et toutes les femelles se souviennent, elles aussi, du temps où c'était elle qui dormait fréquemment avec le plus fort.

Elle fit quelques pas en direction de celui qui n'a pas de couleur pour regarder, car avant d'être un grand mâle de cette taille il avait été petit, rond et chaud, et il était sorti de son ventre. Mais les deux autres, portant les petits, se tenaient derrière lui, et celle qui marche en balançant fit un pas dans sa direction, tenant les petits à califourchon sur ses hanches.

Alors elle s'immobilisa. Puis, lentement, précautionneusement, elle recula vers la berge de la rivière.

Celui qui marche lentement, toujours assis par terre là où il était tombé quand celle qui ne voit qu'une fois (enfin silencieuse) l'avait poussé, leva vers elle son regard voilé et la suivit de l'œil dans sa progression en recul jusqu'à la rivière, avec sur sa vieille face crevassée comme une expression de légère bonhomie égarée.

APRÈS le rouge au ciel et la lumière graduellement déclinante, le sombre, progressivement, s'installa. Pour des raisons inconnues de ceux qui marchent debout, très certainement des quatre pattes aussi, les nuits n'étaient pas toujours pareilles. A cause des brumes de là-haut, qui prenaient toutes sortes de formes et glissaient plus ou moins vite dans la grande étendue — mais pas uniquement à cause de cela.

Le sombre de la nuit couvait dans sa fraîcheur la plupart des mystères auxquels nous sommes régulièrement confrontés, qui surgissent à chacun de nos pas, tournent et s'en vont, reviennent et reviennent sans cesse.

De jour, c'était ordinairement l'unique foyer tournoyant qui réglait chaleur et lumière. Compte tenu du grand nombre ou de l'absence des brumes d'en haut, de leur forme et de leur épaisseur. Tout le monde savait cela parmi ceux qui marchent debout.

Ceux qui glissent au-dessus avec leurs grands bras légers n'étaient probablement pas sans connaître d'autres secrets encore, du fait de cette possibilité qu'ils avaient de s'élancer si haut, bien plus haut que les cimes des arbres ; on les voyait parfois planer, tout petits, très proches du grand foyer qui embrasait le ciel, et il fallait se protéger les yeux de ses doigts serrés ou d'une feuille très fine, sinon la lumière vive vous empêchait d'y voir pendant de longs instants.

Ceux qui glissent au-dessus avec leurs bras légers, qui ont des regards ronds et des bouches proéminentes en os, connaissent peut-être également les secrets des nuits pas pareilles. Mais on ne comprend guère ce que veulent dire ces êtres qui vivent aussi bien sur terre qu'au-dessus, partout dans leur territoire, sauf dans l'eau ; on ne les comprend guère quand ils crient, et ils ne crient pas pour ceux qui marchent debout.

Elle se demandait qui d'autre que ceux-là, aux bouches d'os criant dans le ciel, aux grands bras légers claquant avec des bruits feutrés de longues branches, quand ils tournaient en rond et descendaient jusqu'aux puantes viandes noirâtres des morts, qui d'autre que ceux-là, toujours affamés, toujours piailleurs ou siffleurs, connaissait les secrets du sombre sous les nuits pas pareilles.

Tous les debout sur deux jambes qu'elle avait connus et côtoyés dans sa vie en savaient aussi peu qu'elle à ce sujet. Tous ceux et toutes celles de la harde. Pas plus les mâles plus forts que les femelles du ventre desquelles tombent les petits — personne ne savait, personne n'avait jamais fait le moindre signe ou tenté le moindre grognement qui eussent expliqué ; personne n'avait seulement jamais donné l'impression de s'inquiéter, ni même de s'interroger à ce sujet.

Les *autres* savaient-ils, eux ?

Ou bien, s'ils ne savaient pas, s'inquiétaient-ils ? S'interrogeaient-ils ?

Se demandaient-ils, du plus profond des grands silences qui pèsent au creux de la tête, pourquoi la nuit, quand elle monte du sol, quand elle sort des herbes et des arbres et de la terre et des roches, pourquoi n'a-t-elle pas toujours la même épaisseur ? Et pourquoi au-dessus, dans toute la grande étendue du ciel, la lumière était quelquefois toute ronde, quelquefois découpée, d'un bord ou de l'autre, et pourquoi d'autres fois, même, n'était-elle pas là du tout ? Par où tournait la lumière du jour après s'être enfoncée en terre ? Où allait la lumière ronde, ou brisée, de la nuit, quand elle disparaissait tout entière ? Elle revenait invariablement.

Les *autres* savaient-ils ? Ou se débattaient-ils maladroitement avec les questions ?

Et c'était peut-être encore un autre des mystères de la nuit qui la poussait à cette certitude de pouvoir répondre par l'affirmative, au moins une fois, à l'une ou l'autre des deux interrogations.

C'était tout à fait possible qu'*ils* sachent.

Au bas de cette journée finie, elle ne se serait jamais doutée, elle n'aurait jamais osé rassembler des images jusqu'à composer l'existence d'une semblable harde de qui marchent debout. Elle n'aurait jamais cru la chose possible.

Et la chose existait — elle l'avait vue, elle avait recueilli les innombrables présences composant cette harde-là, une *autre*, beaucoup plus forte et importante que celle dont elle faisait partie depuis qu'elle était née. Une *autre* harde de qui marchent debout, plus importante, plus forte, existait. Existait certainement depuis plus loin et plus longtemps que la seule qu'elle eût jamais connue, et cela sans qu'elle le sût, à son insu, existait bien avant qu'elle la vît et qu'elle en sentît la présence, et existait encore en ce moment, même si on ne la voyait plus.

Alors, tout cela étant possible et vrai, pourquoi les *autres* ne sauraient-ils pas ?

Elle n'imaginait pas une seconde qu'ils puissent venir de très loin ; elle n'imaginait pas une seconde que « très loin » puisse signifier au-delà du territoire de sa propre harde, car elle connaissait la distance qui va d'un bord à l'autre de ce territoire, et elle savait que cette distance ne se parcourait qu'un nombre limité de fois, de toute une existence ; elle-même ne l'avait parcourue que trois fois — trois fois (une fois, une fois, une fois), elle avait vu les mêmes paysages, et s'ils avaient changé, c'était quand même les paysages dont elle avait avalé des images, ils s'étaient juste modifiés comme elle-même, comme ceux de la harde, il y avait des arbres qu'elle avait vus une première fois avec des feuilles grasses et qu'elle voyait une seconde fois avec des bras tout secs, exactement comme dans la harde certains étaient passés sous cet arbre une première fois en marchant, et une seconde fois n'y passaient plus car ils n'étaient plus ici, ils ne s'étaient pas réveillés quelque part et avaient été mangés. Aussi ne concevait-elle pas qu'on pût venir de *plus loin* que ce territoire, sans faire preuve d'une grande fatigue, et en aussi grand nombre... pas plus qu'elle n'imaginait qu'ils eussent pu se trouver sur ce territoire sans qu'elle en eût eu connaissance...

Pour n'y avoir jamais rencontré que des quatre pattes, elle était persuadée que ce territoire qu'elle connaissait bien n'était occupé que par la petite harde dont l'effectif se réduisait toujours davantage, malgré les enfants qui tombaient des ventres des femelles.

Voilà qu'elle découvrait que ce territoire, à travers les encastrements parmi les terres hautes et les épaisseurs des contrées boisées — territoire que la harde n'osait jamais agrandir quand elle approchait de ses limites, par peur de ne plus trouver les images attendues sous lesquelles il est facile de se tranquilliser, par peur d'en trouver d'autres qui risquent d'être le contraire de la tranquillité... —, était à l'évidence parcouru par d'*autres*, depuis longtemps. Partagé. Et les traces laissées parfois, traces vieilles ou moins vieilles, ne l'avaient probablement pas été par des groupes de ces presque debout à longue queue qui vivaient davantage dans les arbres que sur le sol ; non — ce n'était pas comme ils l'avaient cru : mais souvent, à n'en pas douter, des traces appartenant aux *autres*, trop vieilles, tout simplement, même quand elles n'étaient pas très vieilles, pour avoir conservé une présence à odeur persistante. Voilà qu'elle découvrait que l'ailleurs côtoyait la harde qu'elle avait crue unique, pour y être née. Et les *autres* avaient toujours été là.

Savaient-ils, *eux*, l'existence d'une harde différente ? Savaient-ils *son* existence ? Et qu'elle les avait vus ?

Elle écoutait la nuit, de tout son être. Elle entendait les crissements multiples et enchevêtrés comme des racines de tous les petits êtres invisibles qui peuplaient les herbes et les feuilles. Elle entendait le gentil petit bruit de l'eau. Elle entendit, dans un creux de la nuit installée, du côté des hautes terres plates, crier de colère celui aux dents qui frappent. Elle frissonna. Ce n'était pas la fraîcheur. Le cri de celui aux dents qui frappent, c'était le froid quand même.

Elle entendait les chuchotements des hautes herbes coupantes, à ses oreilles, penchées vers elle comme pour lui parler d'une voix légère.

Les *autres* pouvaient-ils expliquer pourquoi, la nuit, les grandes étendues du dessus sont piquées de petites pierres brillantes, en aussi grand nombre que les reflets de lumière sur les vaguelettes de la rivière ?

Elle avait quitté la harde un peu avant que les premières de ces pierres brillantes apparaissent là-haut. Il faisait toujours

clair. On apercevait encore l'autre berge du fleuve et les ondulations douces des arbres de la forêt jusqu'aux plateaux élevés. Personne, dans la harde, n'avait paru se soucier de son départ, et encore moins s'en inquiéter. Celui qui marche lentement l'avait simplement regardée s'éloigner, c'est tout, avec ce caractéristique manque d'expression qui était désormais sa manière de regarder toute chose.

Elle était venue jusqu'à cet endroit de la berge où elle se tenait accroupie quand elle les avait vus la première fois. Là, elle avait attendu que les petites pierres brillantes couvrent toute l'étendue du ciel gagné par le sombre qui montait de la terre. La lumière de la nuit, partiellement ronde, n'apparaîtrait pas avant un grand moment.

Et quand les petites pierres s'étaient mises à briller autant là-haut que sur l'eau de la rivière, elle s'était décidée. Elle était descendue de la berge, elle était entrée à deux pieds dans l'eau. Sans bruit, s'efforçant de ne pas faire clapoter trop de vaguelettes derrière elle, elle avait remonté le cours fluide de l'eau fraîche, ne s'écartant pas de la berge de plus d'un ou deux pas. Elle avançait en glissant ses pieds qu'elle posait sur les pierres rondes, le sable gluant, sans les sortir de l'eau ; parfois, elle levait la main vers la rive et s'agrippait furtivement aux tiges ployantes et creuses des hautes herbes. Elle aurait pu se mouvoir sur la berge ferme, mais alors l'écran des herbes, ajouté à la nuit pauvrement lumineuse, ne lui aurait pas laissé une chance d'apercevoir quoi que ce soit de l'autre côté de la rivière. Elle avançait prudemment et prenait le temps de composer longuement chacun de ses pas. Le niveau de l'eau n'était pas suffisamment haut pour que s'y cachent ceux dont la gueule peut broyer d'un seul coup un qui marche debout, avec des écailles de pierre sur le dos et la queue ; le niveau n'était pas suffisamment élevé ; et puis les herbes et les arbres d'alentour ne leur convenaient pas. Elle ne craignait rien de ceux-là.

Elle atteignit un point à hauteur de la berge opposée où elle avait vu les *autres* apparaître et disparaître. S'arrêta. Ici, la présence de sa harde s'était presque complètement estompée ; ce qu'elle en gardait dans les narines n'était, principalement, que l'habitude. Quand l'haleine de l'invisible la caressa après être passée sur l'endroit au-delà de l'eau, elle frissonna aussi violemment que si elle avait entendu le cri de celui aux dents qui frappent. Mais ce n'était pas de la peur. Si c'était de la crainte, elle n'en avait jamais ressenti de telle.

L'eau brillait. Cela faisait une grande traînée ondoyante, dans la largeur de la rivière, à mi-distance approximativement entre les deux berges. Un peu plus loin, de l'autre côté de cette traînée de reflets, il y avait une bande de pierres émergées, et aussi des touffes d'herbes hirsutes. Au-delà, bouillonnaient immobiles les noirceurs des arbres touffus, se détachant à peine sur le sombre de la barre des hautes terres.

De là, de quelque part au sein de ces hauts remous noirs à peine murmurants sous l'haleine invisible, s'élevait pour flotter jusqu'à elle la présence des *autres*.

Ils étaient donc là. Encore. Ce n'était pas une de ces images qui n'existent qu'à l'intérieur de soi, comme celles qu'on rencontre quand on est enveloppé de sommeil. Ils étaient véritablement là, ils n'avaient fait que disparaître au regard et à l'odorat — ils n'étaient pas partis.

Elle se vit tout à coup terriblement repérable et se détachant sur le rideau des herbes hautes de la rive — elle se vit, imagina-t-elle, comme un regard particulièrement acéré pourrait la remarquer depuis cette berge opposée qu'elle surveillait elle-même. Sauf qu'un regard venant de là-bas, si aiguisé qu'il fût, n'avait pas plus de chances de la remarquer qu'elle ne pouvait de son côté distinguer le détail de là-bas. Doucement, elle plia les jambes et se baissa, s'accroupit. Au moment précis où ses fesses touchaient la surface de l'eau, le cri rauque de celui aux dents qui frappent s'éleva une fois encore, et elle sursauta. Les battements à l'intérieur d'elle retentirent bien plus fort, et plus haut, dans tout son être — jusque dans ses oreilles. Elle les laissa s'apaiser, tout en clignant des paupières et en respirant le plus lentement possible.

Des images vinrent à ses yeux, qu'elle ne voulait pas voir et qu'elle s'efforça de faire tomber en secouant la tête. Il n'y avait que l'eau, autour d'elle ; c'était trop noir pour qu'elle puisse y contempler son reflet, comme elle jouait parfois à le faire et à l'agiter en remuant l'eau, et jusqu'à ce que l'eau tremble si fort qu'on n'y voyait plus rien du tout. Mais les images s'accrochaient, plus fort que jamais si elle fermait les yeux. Alors, elle releva la tête et regarda droit devant elle, intensément, fixant les noirceurs de l'autre rive à en ressentir comme des brûlures.

Ces images qui n'étaient pas vraies, qui n'avaient même jamais existé, représentaient celui avec un seul bras. Il se tenait debout auprès d'elle, il regardait lui aussi en direction de l'autre rive, car lui aussi savait que les *autres* se trouvaient là-bas. Car il avait écouté quand elle lui avait communiqué ce qu'elle savait, avec toutes sortes de signes nouveaux qu'il avait compris. Et comme il était celui qu'on suit, encore, toute la harde l'avait suivi quand il l'avait suivie, elle qui avait été pour une fois la première. Toute la harde se tenait là, derrière eux, pour composer cette image qui n'existait pas. Toute la harde... comme la plupart du temps quand elle appelait les images, quand elle se souvenait... quand elle retournait en elle-même, bien avant...

Souvent, elle se rappelait ce temps où elle était petite et sans beaucoup de poils, avec presque pas de ventre pour y mettre des souvenirs — car en ce temps-là toutes les images se trouvaient devant elle, bien entendu sans qu'elle en sût rien. On ne sait rien quand on est petit. C'est une chose qu'elle a apprise : les souvenirs sont partout et il faut juste les rencontrer pour qu'ils deviennent des images bonnes à manger.

A présent, à tout moment quand elle y pense, elle ne sait pas combien de souvenirs-images sont encore entassés devant elle, à elle destinés, pour elle, et pendant combien de temps encore, combien de trajets d'un bout à l'autre du territoire connu.

Quelquefois, elle tremble et elle a peur de cette autre personne qui se glisse en elle, invisible et impalpable comme celui dont l'haleine souffle pour secouer les arbres et faire voler le sable ; c'est quelqu'un qui s'installe dans sa tête à sa place pour lui faire peur d'une manière bizarre qu'elle ne comprend pas : avec cette vision sur les souvenirs-images en vrac, méconnaissables, qui lui sont destinés pour un certain temps seulement.

Alors, parfois, elle avait peur, vaguement — cette peur-là.

Et parfois, elle aurait bien voulu savoir si les autres du groupe avaient peur de cette façon-là, eux aussi. Comme elle. Mais savoir ce que les autres pensent, même s'ils sont des marche debout comme vous, est une chose impossible.

Elle restait à l'écart et si souvent seule. Elle appelait fréquemment les images d'avant, et si elle s'était moins souvenue, probablement aurait-elle été moins préoccupée par les souvenirs qui étaient prêts pour elle seule et qui attendaient qu'elle les mangeât.

Dans ce temps d'avant, ils étaient plus souvent sous les yeux les uns des autres. Se tenant par la main, ils auraient formé une ligne de cette berge de la rivière, ici, à cet arbre, là-bas. Rien que les petits, en se tenant par la main, auraient relié cet arbre, ici, à celui-là — uniquement les petits qui ne savent rien de l'obligatoire nécessité de manger (qui s'imaginent encore tout simplement qu'il suffit de téter ou d'avoir faim et de crier).

Maintenant, les petits étaient beaucoup moins souvent sous les yeux de n'importe qui — excepté celui qui marche lentement... Se tenant par la main, ils auraient à peine fait une ligne couverte par la valeur de deux pas. Le groupe tout entier était moins important.

Elle se souvenait fréquemment d'un de ses petits à elle, un de ceux tombés de son ventre avec la douleur, un de ceux qui s'était endormis trop longtemps et qu'il avait été impossible de réveiller. Celui-là dont il était difficile d'avoir une image particulière, car il n'avait pas eu le temps d'être autre chose qu'un petit parmi les petits. Juste un mâle. Elle se souvenait fréquemment de lui, qui était devenu comme un vieux, immobile sur la terre sèche, la bouche et les yeux ouverts, les mouches bleues dessus puis dedans qui ne le dérangeaient pas. Longtemps, elle était allée le voir, où il était couché, car c'était un endroit couvert de feuilles et de racines bonnes à manger. Ni les quatre pattes, ni ceux qui glissent dans l'air sur leurs grands bras légers n'étaient venus le manger. Finalement, on avait vu le tronc et les branches de l'arbre caché dans le corps. Sûrement qu'aujourd'hui c'était fini, il n'y avait plus rien, là-bas, sauf l'herbe, à cet endroit où le petit, qui n'avait rien de particulier pour qu'on se le rappelle parmi les autres, ne s'était pas réveillé. Cette simple particularité-là : il faut prendre garde au sommeil.

Restait, venu de son ventre, celui qui n'a pas de couleur pour regarder. Avec sa face agréable et qui faisait la plupart du temps des grimaces aimables et heureuses. Quand elle le voyait, celui-là, qui avait été son petit, elle était apaisée, reposée.

Celui aux dents qui frappent avait dévoré le mâle de la harde qui possédait le plus de souvenirs, et ceux qui avaient réussi à s'enfuir savaient désormais une chose supplémentaire : même en ayant tous les souvenirs possibles, on reste à la merci de celui aux dents qui frappent.

Même quand on a le plus de souvenirs possible, vos os craquent facilement dans la gueule de celui aux dents qui frappent.

C'était celui avec un seul bras. Il marchait le premier et le plus rapidement, dans ce temps-là. Et elle n'avait eu qu'un petit. Il connaissait des chemins sûrs parmi les terres, les eaux, les arbres et les odeurs. Il n'avait plus qu'une main, et à peine un peu plus d'un bras. C'était un de ceux-là qui marchent sur tous leurs doigts, avec des poils comme une nuit luisante et des yeux de pierre, qui lui avait arraché sa main, et jusqu'à la pliure du bras. Il y avait si longtemps qu'elle ne gardait pas d'images de l'événement en elle — elle l'avait toujours vu avec une main seulement et à peine un autre bras.

Ça ne l'empêchait pas de connaître les chemins à travers le territoire et les odeurs. Il marchait vite, simplement sur ses deux jambes, et il grimpait quand même, mais pas comme il aurait grimpé avec ses deux mains, et c'était pourquoi celui aux dents qui frappent l'avait rattrapé.

C'était ce qu'elle pensait — comment elle expliquait le malheur brutal quand il avait frappé et dont elle conservait, pour ce cas, des images.

Quand il voulait, quand il acceptait qu'elle vienne, elle aimait bien dormir contre lui. La plupart du temps, c'était elle qui marchait à son côté — comme celle qui, maintenant, suit celui qui marche le plus vite — et il montrait qu'il aimait bien.

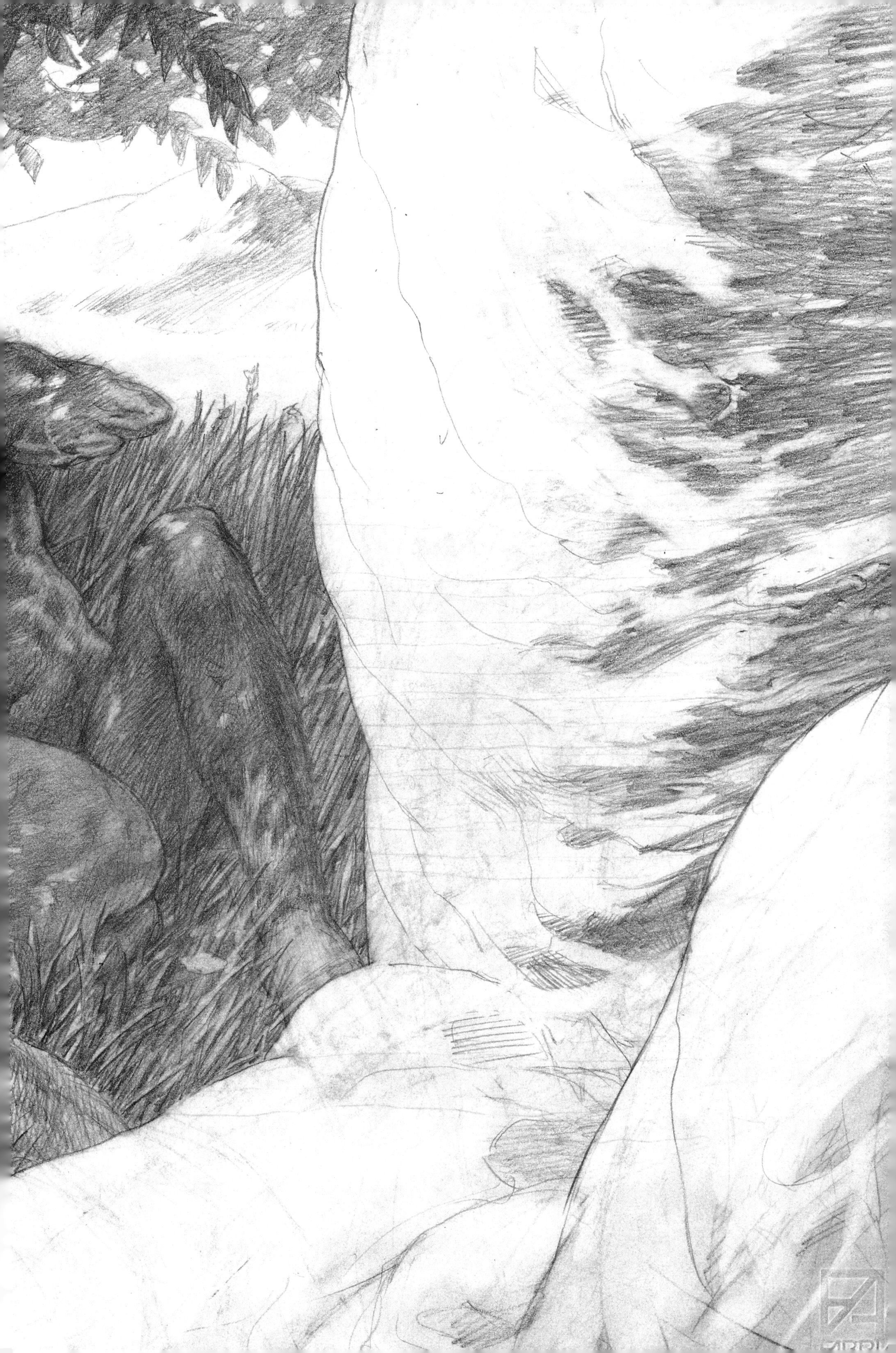

Celle qui, maintenant, suit celui qui marche le plus vite n'était rien, alors, mais déjà elle essayait de marcher la plupart du temps avec lui, et il n'en voulait pas, et il ne voulait pas qu'elle dorme contre lui, il lui montrait les dents.

Elle dormait et marchait en compagnie de celui avec un seul bras. Elle se sentait apaisée. Elle ne se méfiait plus du sommeil quand elle savait qu'il veillait pour elle.

Et celui aux dents qui frappent l'a attrapé. Elle était là, elle a vu, tous ont vu. Elle était grimpée dans l'arbre, elle croyait qu'il y parviendrait. Elle entendait le bruit de sa respiration et celui de sa course, juste derrière elle, à peine celui de la course du poursuivant — elle avait cru, un instant, que le fauve les avait délaissés pour courir après un autre de la harde. Elle s'est élancée dans les premières branches, et elle a entendu le cri, le claquement des mâchoires...

Il a frappé la gueule sanguinolente avec ses poings, avec une pierre ramassée là où il venait de choir. Il avait les jambes déchirées, le ventre ouvert qui perdait ses entrailles, fumantes, entre ses cuisses, il cognait toujours, sans crier, et celui aux dents qui frappent semblait ne rien sentir des coups... il a frappé à son tour, de haut en bas, avec ses dents énormes qui lui tombaient bas de la gueule. Une seule fois. Ensuite, il a tranquillement déchiqueté. Il avait tout son temps.

Il a dévoré presque totalement celui avec un seul bras, au pied de l'arbre. Ensuite, il s'est couché.

Et elle était dans l'arbre, au-dessus, elle attendait qu'il s'en aille.

Après que celui avec un seul bras eut été mangé, tout était devenu comme plus fragile. Comme une cassure. Comme si cela avait brisé l'ordinaire des gestes et des pensées qui occupaient et remplissaient la succession des jours et des nuits.

Elle n'était plus celle qui dort et marche avec celui qui marche le plus vite.

S'il n'avait pas été dévoré, elle serait allée lui communiquer ce qu'elle avait vu. Il aurait compris. Il serait venu là, sur cette berge de rivière aux eaux inhabituellement basses, et avec lui toute la harde.

Qu'aurait-il décidé ? Savait-il que l'existence des *autres* était possible ? Aurait-il été surpris ? Ou non ? Aurait-il eu peur ? Pour la sécurité de la harde, aurait-il choisi le chemin qui mène sous les grands arbres, dans la direction du feu du ciel quand il tombe ? Ou bien, au contraire, aurait-il choisi de rester bien en vue, sur cette partie du territoire dont il n'était pas question de partager les choses à manger avec tous ces *autres*-là ? Ou bien aurait-il traversé la rivière ?

A un moment, sur le sommet des hautes terres, la lumière cassée de la nuit apparut. Grimpa. Le sombre s'éclaircit ; on pouvait distinguer les arbres proches des *autres*, derrière, et encore ceux qui se trouvaient plus loin. Les herbes avaient pris cette teinte qui les recouvre les matins de froid. Toute la rivière devint luisante et comme si la lumière ne provenait pas d'en haut mais de sous les vaguelettes et les frissons des remous.

Du côté des terres hautes, sous l'endroit où la lumière cassée de la nuit était sortie de terre, on entendait piailler et criailler dans les arbres. Celui aux dents qui frappent poussa un nouveau long rauquement, un cri de satisfaction, eût-on dit. Ou de menace.

Elle se redressa. L'eau qui lui avait baigné les fesses pendant tout ce temps où elle s'était tenue accroupie s'écoula le long des poils fins de ses cuisses, chatouilla le creux de ses genoux.

Elle fit un pas, puis deux, et l'eau monta au-dessus de ses mollets, elle fit trois pas, quatre, marchant en travers de la rivière. A hauteur du banc de pierres et d'herbe, au centre du grand chemin liquide et argenté, elle ne quitta pas l'eau, poursuivit vers la berge et les présences des *autres*, de plus en plus fortes, plus fortes que les odeurs de la rivière.

Celui aux dents qui frappent gronda encore, et encore. Tous les petits êtres de la nuit grésillaient comme des herbes sèches et froissées. Il y avait des piaillements de terreur qui dégringolaient du flanc des terres hautes.

Il y avait le silence des *autres*, endormis dans des arbres, certainement, sous la garde des veilleurs, le silence vers lequel elle marchait, traversant la rivière.

ILS avaient passé la nuit dans les arbres.

N'avaient pas, ou peu, ou mal, dormi — et rarement tous ensemble. Du moment où la clarté de la veille s'était éteinte à un bout de la terre jusqu'au moment où elle s'était rallumée à l'autre bout, celui aux dents qui frappent n'avait cessé de rôder et de tourner, d'un côté de la rivière, puis de l'autre. Ou alors il y en avait un de ce côté, un autre là-bas. Les feulements du fauve avaient retenti tout au long de la course montante et descendante de la lumière ronde pendue au-dessus. C'était dans le silence, chargé d'autres cris, entre deux grondements, que le sommeil était le plus dangereux, et de toute façon le plus difficile à venir.

Ils ne dormaient jamais beaucoup les nuits où rôdaient ceux aux dents qui frappent.

Les femelles s'étaient installées sur les plus grosses branches, aux fourches les plus larges, et elles serraient les petits contre elles. Même eux, les petits, avaient mal dormi, bien que ne sachant pas quel danger exact évoquaient les grondements. Les petits n'avaient jamais vu le repas des fauves, et ils étaient trop petits encore pour comprendre, quand ils voyaient la viande rouge sortie des corps déchirés dans les herbes. Mais sans doute comprenaient-ils déjà l'association des odeurs, et sur l'odeur de la viande rouge, il y avait celle du dévoreur, et c'était une odeur qu'ils pouvaient percevoir, généralement, quand le dévoreur aux dents qui frappent gueulait. S'ils ne comprenaient pas tout à fait, la peur venait instinctivement, elle se respirait, elle se tétait aux mamelles des mères ; elle était là, dans les tremblements qui couraient sous la peau des femelles, dans leur silence et leurs yeux grands ouverts, fouillant les profondeurs de la nuit.

Les feulements du dévoreur aux dents qui frappent s'espacèrent, puis se turent, un peu avant que la nouvelle lumière revienne au ciel et sur terre.

Comme à chaque fois, les bruits et les cris peuplant le sombre furent effacés les uns après les autres par le nouveau jour revenu, remplacés par d'autres qui s'élevèrent et coururent.

Il n'y avait pas encore d'ombre accrochée au bas des choses et des êtres.

Ils descendirent des arbres, avec de lents mouvements coulés qui traduisaient autant la prudence que la somnolence. Ils bougeaient en silence, n'émettaient aucun son, à peine de loin en loin un soupir un peu appuyé. Les petits s'accrochaient aux épaules, au ventre, aux mamelles des mères, qui se laissaient tirailler sans protestations, tout occupées à sentir et écouter l'alentour.

Mais celui aux dents qui frappent se taisait depuis suffisamment de temps, maintenant, pour qu'on suppose, sans se tromper, qu'il avait trouvé de quoi calmer sa faim.

Les membres de la harde s'acheminèrent vers la rivière. La grande haleine de l'invisible s'était levée, courait sur l'eau, dans les herbes et les feuillages, au rythme d'une lente respiration.

Ils frissonnaient et ils s'ébrouaient. Ils avaient parfois des gestes brusques, saccadés, ils s'étiraient, les femelles aussi, avec tous les petits qui pendouillaient et s'accrochaient à elles. Les premiers grognements, raclements de gorge, avec des petits cris de satisfaction, s'élevèrent dans l'air bleu. Le bâton de mâle de celui qui n'a pas de couleur pour regarder était dressé contre son ventre et se balançait à chacun de ses pas ; il montrait cette face aimable qu'il arborait habituellement, cherchant du regard autour de lui, mais aucune des femelles ne semblait prête à lui accorder la moindre attention. Il s'approcha un peu trop près de celle qui a la bouche vide, et elle cracha un bruit sec et bref dans sa direction, montrant ses gencives bleuâtres dans lesquelles étaient plantées des dents si petites et si usées, devant, qu'on eût dit qu'il n'y en avait pas. Alors, tout en conservant sa face aimable, celui qui n'a pas de couleur pour regarder s'écarta sans insister. Un peu plus tard, son bâton de mâle était retombé entre ses jambes.

Ils étaient les premiers sur la berge. Ils burent, et pendant un moment s'épouillèrent mutuellement. Mais personne ne toucha celui qui marche le plus vite. Debout, les pieds dans l'eau, à quelques pas du groupe qui maintenant grondouillait et jacassait, il se tenait la tête haute et projetée en avant, les paupières mi-closes dans l'aveuglante et rasante lumière de la chaleur du jour qui venait de sortir de la terre.

Il y avait des ombres au bas des choses et des êtres.

Ce fut lui, celui qui marche le plus vite, qui s'aperçut de l'absence de celle qui reste souvent seule. Il grogna, pour attirer l'attention de tous, et il exécuta des signes avec ses mains, qu'il accompagnait de mimiques. Il la « nomma » en trois gestes : celui de la femelle, celui du silence, et celui qui signifiait à l'écart de tous.

Alors, ils frissonnèrent encore, tous et toutes, violemment, et ce fut celle qui suit celui qui marche le plus vite qui fit le geste du dévoreur aux dents qui frappent.

Mais pourtant, même celui qui n'a pas de couleur pour regarder, le troisième et le seul vivant à être tombé du ventre de la disparue, ne changea rien à son visage aimable et joyeux. Pendant un moment, il se tint à peu près tranquille et immobile, en regardant ici et là alentour.

Celui qui marche le plus vite avait une expression soucieuse et contrariée. Il repoussa celle qui le suivait toujours, quand elle s'approcha de lui, et elle tomba dans l'eau en éclaboussant autour d'elle, mais ce n'était pas un jeu.

Celui qui marche le plus vite remonta une partie du chemin sur la berge qu'avait suivi la veille celle qui reste souvent seule. Il faisait quelques pas, s'arrêtait, se retournait pour contrôler qu'il restait bien à portée de regard de la harde. Il marchait avec une infinie prudence.

A un moment, il perçut la présence de la femelle disparue. Mais c'était une présence très légère, fanée, comme ce qui reste d'une odeur de vieille fleur quand elle est prête à tomber au sol. C'était cependant le signe qu'elle était passée là.

Il s'arrêta, attendit, écouta. Le bavardage de furtifs grognements de la harde s'était éteint. Ou presque.

Il appela sa mémoire et ne trouva rien. Elle n'avait pas dormi dans les arbres, avec eux. Cette nuit-là comme beau-

coup d'autres depuis que celui avec un seul bras s'était fait manger, elle était restée seule, à l'écart, et probablement sans prendre la précaution de grimper dans un arbre.

Alors, il y avait de fortes chances pour que celui aux dents qui frappent se soit emparé d'elle. Il y avait de fortes chances pour qu'on ne revoie plus jamais celle qui reste souvent seule.

Pour quelques pas, il suivit encore la faible présence de la femelle, parmi les herbes coupantes de la berge, puis s'arrêta brusquement. La présence avait cette fois totalement disparu.

Il leva les yeux vers la berge opposée.

Et vit les *autres*, autant que plusieurs hardes, qui s'approchaient de l'eau.

Il se souvint de ce qu'elle avait signalé avoir vu, avant que vienne le sombre. Lentement, il s'accroupit, tandis que la peur montait dans ses membres, cognait dans sa poitrine. Plus tard, il se hâta à quatre pattes vers la harde, sa harde, et il les repoussa sur la berge, et il les força à courir à travers les herbes, puis sous les arbres épars, en direction des bosquets touffus au pied des terres hautes. Fuyant à toutes jambes la proximité des *autres* qui mangeraient toutes les racines, toutes les baies, qui les tueraient s'ils essayaient de s'interposer, si nombreux... comme ils avaient sûrement tué celle qui avait disparu dans la nuit, si le dévoreur ne l'avait pas fait lui-même.

Car ils portaient sur eux la présence du dévoreur. Ils avaient cette odeur de charogne et de viande rouge, bien que marchant debout. Ils étaient comme celui qui marche le plus vite n'en avait jamais vu auparavant — et donc obligatoirement dangereux.

Le sommeil qui tournait autour d'elle depuis qu'elle était grimpée dans l'arbre à un moment l'emporta, mais ni profond ni loin. C'était un arbre inconfortable qui ne permettait guère l'abandon et le repos ; les embranchements étaient aigus, les branches étroites et qui ne semblaient pas réellement solides, ce qui obligeait à se tenir très près du tronc, bras et jambes serrés sur l'écorce rugueuse. Elle n'avait pas choisi cet arbre. Il était le seul, parmi ceux qui formaient le maigre bosquet, sur lequel on pût grimper quand on pesait son poids sans courir un trop grand risque de chute immédiate. Le seul, également, qui ne fût pas trop visible et repérable, du fait de son isolement, depuis l'orée des grands et vrais arbres où se tenaient les *autres*...

Elle avait grimpé le plus haut possible, obéissant à ce que lui recommandait et interdisait en même temps la prudence : la bonne hauteur hors de portée des coups de patte et des bonds des mangeurs aux fortes dents qui rôdaient dans la nuit... mais néanmoins pas trop haut, pour éviter que le tronc rétréci et les branches fluettes se brisent.

Elle n'avait guère eu de peine à repousser les assauts du sommeil. Elle ne voulait pas dormir. Elle se sentait vibrante, en dedans d'elle-même, parcourue de bouffées chaudes, ou froides, les unes derrière les autres, et sans que la température environnante y soit pour quelque chose. Quand elle évoquait devant ses yeux les images toutes jeunes de la nouvelle harde aperçue depuis l'autre côté de l'eau, elle sentait battre deux fois plus rapidement dans son torse.

Et puis, s'il avait fallu une bonne raison supplémentaire pour ne pas se laisser aller au sommeil imprudent, les cris réguliers de celui aux dents qui frappent s'élevaient et remplissaient la nuit. Quand ils retentissaient de la sorte, terribles et bien proches, c'était comme s'ils ne se contentaient pas de flotter alentour et de vous envelopper, mais pénétraient en vous et roulaient au centre de votre tête, en rond, comme la seule chose vivante de votre ventre mort. C'était pareil aux grands bruits énormes qui roulaient parfois, quand le dessus était chargé de brumes noires, et quand elles craquaient avec des éblouissements aveuglants — ce mystère-là, lui aussi, glaçait l'intérieur du corps quand il se produisait et les cris de celui aux dents qui frappent provoquaient un peu les mêmes résonances.

Les *autres*, dans les basses branches des grands arbres, tremblaient comme elle. Elle le savait. Elle le sentait. Leur présence emplissait tout son être, si forte et lourde qu'elle en éprouvait de loin en loin le besoin de s'ébrouer, de se secouer pour en faire tomber l'excès. Et ces présences portaient les senteurs âcres, immobiles, de la peur.

Elle ne les voyait pas — elle ne voyait que la barre de forêt compacte, avec les remous des broussailles, couleur de roche dans la nuit, qui émergeaient des herbes. Elle ne les discernait nullement — à n'en pas douter, la masse opaque qu'elle formait sur le tronc de son perchoir devait être dix fois plus facilement visible pour un observateur situé hors du bosquet — mais elle recevait si fort leur présence qu'elle eût pu se croire parmi eux.

Elle apprit donc, tout au long de cette nuit-là, jusqu'après le départ du dévoreur, qu'ils avaient beau porter en eux des odeurs inertes de viande rouge et être comme plusieurs fois la harde qui était la sienne, ils n'en ressentaient pas moins comme elle une grande peur quand s'élevaient dans la nuit les cris de faim de celui aux dents qui frappent. Et comme elle, comme tous, ils grimpaient dans les meilleures branches des arbres protecteurs, et ils ne bougeaient pas, le moins possible, et la peur faisait taire aussi bien les petits que ceux dont le visage plissait.

Un peu avant que le jour se relève du sol, les grondements du fauve se rapprochèrent de l'arbre sur lequel elle était grimpée. A un moment, la présence du dévoreur vint jusqu'à elle et balaya toute autre de ses narines. Elle serra le tronc de toutes ses forces, pas même certaine que l'arbre résisterait à un violent coup des pattes aux griffes tranchantes. Des images frissonnantes la traversèrent et elle se vit tomber, avec l'arbre cassé, dans la gueule béante, sous les dents plus longues qu'une main, qui frapperaient et piocheraient en elle. Elle crierait, de toutes ses forces, et même avant que le tronc plie une première fois, elle crierait à s'en arracher l'intérieur d'elle-même, de la naissance du cri jusqu'à ce qu'il sorte... Mais elle n'était pas certaine du tout que ce cri d'une comme eux — une pareille à eux, debout — provoquerait chez les *autres* la moindre action solidaire.

Pourquoi quitteraient-ils leurs arbres ? Pour le cri de terreur d'une femelle qui n'était même pas de leurs habitudes ? Dont ils ne soupçonnaient même pas l'existence ?

Alors que même si elle avait fait partie de la grande harde, si elle avait fait partie de leurs habitudes, ils n'eussent pas moins embrassé plus fort le tronc sur lequel ils se serraient à l'abri.

Qu'avait-elle fait, qu'avait-elle tenté, elle — et non seulement elle, mais chaque membre composant la harde —, quand sous ses yeux celui avec un seul bras avait été agrippé et dévoré en quelques coups de gueule ? Qu'avait-elle et qu'avaient-ils fait, sinon voir et entendre — et bien longtemps plus tard attendre que le dévoreur repu s'en aille en laissant derrière lui une partie sanglante de celui avec un seul bras, qu'il n'avait pas mangée, le regard blanc fixé en l'air, au milieu de sa tête épargnée. Que pouvaient-ils faire ?

Elle crierait à s'en arracher le dedans du ventre, juste avant que les griffes le fassent, c'est tout.

Mais le dévoreur ne vint pas ; il tourna aux environs proches, de ce côté-ci de l'eau dont on pouvait toujours percevoir le léger gargouillis parmi tous les autres bruits de la nuit — la distance qu'elle avait parcourue permettait juste de ne pas entendre l'eau si on n'y prêtait attention —, et puis il s'éloigna. Bien sûr, il avait lui aussi décelé la présence des *autres*, perchés et silencieux dans les arbres touffus, mais il avait compris très vite qu'il lui serait plus raisonnable d'aller chercher une proie ailleurs. Il avait compris qu'ils étaient en trop grand nombre, inaccessibles, et il avait associé très

naturellement sa présence de femelle apeurée à celles qui formaient le groupe.

Elle avait ressenti une pointe de joie, de satisfaction instinctive et troublante, en aboutissant à cette évidence. Sitôt après la satisfaction, ç'avait été une morsure de stupéfaction offensive, pour avoir envisagé pareille éventualité.

Quand le jour vint, avec ses bruits tranquilles, sans danger, celui aux dents qui frappent était parti, et on pouvait se dire qu'il trouverait bientôt pour assouvir sa faim, si ce n'était déjà fait, une proie marchant sur tous ses doigts parmi les assoiffés ordinaires qui s'approchent de l'eau, chaque jour qui s'élève de terre et remplit le ciel.

Elle entendit les siens, là-bas. Elle reconnut les petits grognements brefs et caractéristiques de celle qui marche en balançant. Elle chercha à les apercevoir, mais bien que le bosquet dans lequel elle se trouvait fût clairsemé, trop de feuilles encore encombraient son champ de vision. La lumière jouait agréablement sur les tendres couleurs délavées et rendait les feuilles appétissantes — elle savait résister à cette tentation-là, pour avoir aperçu un jour celle qui ne voit qu'une fois se tordre au sol en se frappant le ventre, après avoir mangé de ces feuilles.

Sans voir ceux de sa harde, elle savait ce qu'ils faisaient, qui ne changeait pas de chaque premier jour. L'espace d'un instant, elle se sentit mal à l'aise sur son arbre, en se disant qu'ils vivaient un moment ordinaire et banal sans savoir qu'ils se trompaient, comme elle le savait, elle. Mais ils n'avaient pas voulu l'entendre. Si les *autres* décidaient de repousser la harde au-delà des terres hautes, ou même s'ils les tuaient tous, elle ne serait pas parmi les victimes. Elle continuerait de vivre.

Pour vivre où ? Avec qui ? Pendant quelle longueur de temps froids et de pluies ?

Mais ces images étaient sans raison.

Puis elle entendit les *autres*, et alors cela cogna rudement, très haut et fort, dans son torse.

Elle se laissa glisser le long de l'arbre, recula parmi les brousses épaisses, au mépris des épines qui lui déchiraient les bras, le visage. Une cuisante éraflure lui traversa la lèvre.

Du fond des broussailles où elle se tenait couchée, à terre, elle les vit passer. Il lui sembla que la terre était étrangement froide, sous son ventre et ses mains, tandis que la chaleur du jour levé cognait étrangement fort sur l'arrière de son crâne et son dos. Que quelque chose allait se produire — elle ne savait pas quoi, ni comment, cela paraissait juste imminent. C'était comme avant que déferlent les vacarmes qui roulent sous les brumes noires du ciel, avec les éblouissements. La même façon de respirer à petits coups, pour ne pas avoir mal, dans le paysage tendu qui pourrait se déchirer comme une feuille friable.

Elle ouvrit les yeux à en avoir mal, au fond de la tête, les paupières brûlantes. La goutte de sang qui coulait de son éraflure en travers de la lèvre atteignit la commissure de sa bouche, sans qu'elle fît rien pour l'aspirer, ni la lécher, et la goutte chatouilleuse continua de rouler vers son cou, où elle se pendit aux poils avant de tomber. Elle ne bougeait plus, elle était de bois, de pierre. Elle respirait à peine, sous l'oppression, écrasée par l'étau d'une peur étrange.

A ses oreilles parvenaient les bruits légers, furtifs, qui montaient de l'endroit où ceux de sa harde buvaient la première eau du jour. Le coup d'œil qu'elle lança dans cette direction, à travers les basses épines des broussailles, lui confirma ce qu'elle savait. Elle aperçut également la silhouette trapue et reconnaissable de celui qui marche le plus vite, plus loin sur la berge de la rivière, approximativement à cet endroit où elle avait traversé. Elle reporta son attention sur les *autres*.

Il y avait beaucoup de femelles, mais beaucoup de mâles aussi, et des petits de toutes tailles. Comment aurait-elle pu savoir, ou se douter, qu'il pouvait y avoir autant de semblables à ceux et celles de sa harde — tous et toutes marchant debout — sur ce territoire pourtant si vaste qu'elle connaissait ? Comment se douter qu'ils pouvaient être aussi nombreux *hors* de ce territoire ?

Et c'étaient bien des semblables, même si leur face paraissait plus plate, et si, pour la plupart, leur corps était recouvert d'une toison moins fournie, avec de grands endroits presque sans poils, à travers lesquels on apercevait clairement la peau. Des semblables, même si leur démarche était plus droite, sans déhanchement pour assurer le pas. C'étaient bien des semblables — ils n'avaient pas de queue, ils n'avançaient pas en sautant sur tous leurs doigts.

Pourtant, ils puaient tellement la présence des dévoreurs.

Ils marchaient vers la rivière. A leur tête, il y en avait un qui marche le plus vite, mais aussi un autre. Le groupe était formé par les mâles, tout autour, et au centre les femelles avec les trop petits qu'elles portaient dans leurs bras et qu'elles laissaient téter en marchant. C'était comme si les mâles protégeaient ces femelles et ces petits-là. Comme s'ils s'étaient placés de cette façon intentionnellement, afin de faire barrage entre les femelles, les petits et les dangers susceptibles de surgir. Elle vit que plusieurs d'entre eux avaient leur bâton de mâle dressé.

Le premier s'arrêta à quelques pas du pied de l'arbre sur lequel elle avait passé une partie de la nuit. Il huma l'air. Les autres, derrière lui, firent de même. Dans le centre du groupe, des petits pleuraient et piaillaient, mal éveillés ou ensommeillés, ou comme s'ils protestaient contre la nuit de peur tendue qui venait de s'écouler. Ils pleuraient et piaillaient comme tous les petits qu'elle avait jamais entendus.

Un instant, ce fut encore plus froid, et puis chaud, entre la terre et la peau de son ventre ; ce qui battait en elle monta dans sa gorge et ses oreilles.

Beaucoup, parmi les *autres*, regardaient dans sa direction, et peut-être même la voyaient, aplatie au sol sous les basses branches des buissons d'épines.

Elle s'apprêta à se redresser. Elle bondirait hors des buissons, courrait jusqu'à la rivière qu'elle traverserait — elle savait exactement où — et rejoindrait sa harde. Ils seraient bien forcés de l'entendre, quand elle communiquerait ce qu'elle savait des *autres*: ils auraient vu, eux aussi... Si elle s'élançait au moment où ils feraient le premier pas dans sa direction, elle avait une chance de leur échapper. Elle courait suffisamment vite. Elle serait au milieu de la rivière avant qu'ils mettent le premier pied dans l'eau.

Elle banda ses muscles, relevant ses coudes pour poser ses mains à plat, prête à appuyer sur ses genoux dans le même effort de propulsion.

Mais ils ne vinrent pas vers elle. Ils cessèrent de s'intéresser à sa présence aux abords de l'arbre, et de regarder dans sa direction.

Les odeurs chargées qui s'élevaient de leur groupe s'abattaient avec violence sur elle.

Ses yeux, à force d'être écarquillés, se remplissaient de larmes piquantes qui débordaient et coulaient sur son visage.

Elle les regarda s'éloigner et marcher jusqu'à la rivière.

A présent, ils s'interposaient entre elle et les siens. Elle se souleva, sur les mains et les genoux, doucement.

Elle vit courir, là-bas, celui qui marche le plus vite, et rejoindre la harde, et elle le vit qui les poussait à s'enfoncer dans les hautes herbes. Elle entendit les petits bruits joyeux qui s'élevaient au-dessus du groupe des *autres*.

Il y avait comme un bourdonnement dans ses oreilles. Un moment, sa tête pesa plus lourd. Elle ferma les yeux, les rouvrit, et tout ce qu'elle vit fut les *autres*, au bord de la rivière et de ce côté-ci, ce côté-ci où elle était passée. Parce qu'il n'y avait plus rien à voir d'autre. Parce que *sa* harde, dans laquelle elle était née, et qui était le seul groupe qu'elle eût jamais connu jusqu'alors — ceux-là avaient disparu. S'étaient enfuis sans l'attendre, et certainement sans s'encombrer de son image un seul instant.

Alors, elle se redressa sur ses jambes, au milieu des broussailles. S'ils la voyaient ainsi, peut-être en seraient-ils curieux, la découvrant semblable à eux.

Suffisamment curieux pour ne pas lui faire mal, ni la tuer immédiatement. Ils n'avaient pas l'air féroce, en dépit de leur lourde présence de charognes et de viandes rouges déchirées. Ils n'avaient pas de dents plus longues que les siennes, ni de griffes apparentes.

Et ils étaient trop nombreux pour avoir peur d'elle. Ils n'auraient pas l'idée de s'en défendre ; ils n'éprouveraient pas la nécessité de la tuer par simple précaution.

Debout dans les épines, elle les regardait. Elle ne s'était jamais trouvée, jusqu'alors, à portée de voix d'une si importante harde. Jamais elle n'avait été si seule.

AAUCUN moment les *autres* ne manifestèrent la moindre agressivité. Ils n'eurent pas un cri, pas un geste qui eût pu entamer l'épaisseur d'indifférence empreignant leur attitude. Et c'était bien de l'indifférence — non pas de l'inattention —, car ils ne furent pas sans remarquer, au regard comme à l'odeur, la présence sur l'autre rive de cette petite harde désemparée qu'un meneur poussait frénétiquement, à travers les herbes hautes des terres plates, vers les grands arbres au pied des hauteurs. Car ils ne furent pas sans remarquer plus tard, si ce n'était déjà fait, et au regard comme à l'odeur, la présence d'une femelle unique qui ne cherchait plus à se cacher, ni davantage à se manifester, qui attendait tout simplement à proximité, dans un buisson d'épines...

Elle vit s'enfuir les siens, ceux et celles qui composaient la harde dans laquelle elle était venue, les vit disparaître dans les hautes herbes, et, curieusement, en éprouva presque cette indifférence apparente qui caractérisait étonnamment le comportement des *autres*. Mais savait-elle, sur le moment, qu'elle ne les reverrait jamais ? Ou l'envisageait-elle ?

Avait-elle décidé quoi que ce soit ?

Ils s'en allèrent et ils disparurent — devenant les images, en elle, qu'elle avait passé sa vie à avaler jour après jour, nuit après nuit. Et ils furent un instant d'autres images qu'elle inventait, les « voyant » qui couraient parmi les hautes herbes, sans un cri, juste pressés, qui couraient vers les arbres protecteurs au bas des hautes terres, avec celui qui marche le plus vite en tête, et derrière lui celle qui le suivait toujours, et les plus rapides ensuite, et voyant même à la traîne celui qui marche lentement que personne n'attendait, qui se hâtait du mieux qu'il pouvait, maladroitement, sur ses jambes fatiguées par de trop lointaines marches, de trop pesants souvenirs de jambes — puis elle cessa de les « voir ».

Sur la berge de la rivière, les *autres* se tenaient rassemblés. Ils étaient si nombreux qu'un premier regard ne suffisait pas à les distinguer tous et toutes ; il y en avait toujours quelques-uns pour en dissimuler d'autres.

Elle les a observés, sans bouger ni se montrer plus ostensiblement qu'elle ne l'avait fait en se redressant au cœur du buisson d'épines ; et si, de leur côté, ils n'ignoraient pas sa présence, ils ne firent rien qui puisse laisser supposer qu'elle les intriguait. Encore moins qu'elle les dérangeait.

Ils se tenaient debout très droits et ne s'appuyaient pratiquement jamais sur leurs mains. Ils avaient la face plus plate encore que celui qui n'a pas de couleur pour regarder. C'étaient les vraies différences frappantes qu'elle ne cessait de remarquer, sur lesquelles elle n'en finissait pas de porter son attention. Avec leur grand nombre et cette espèce d'apaisement ordinaire qui se lisait dans chacun de leurs gestes : tous groupés, ils ne faisaient pas la moitié du vacarme de jacassements et de bruits divers que produisaient habituellement les femelles de la harde qu'elle connaissait — vacarme qu'à elle seule celle qui ne voit qu'une fois alimentait en bonne part. Et même quand certains s'accouplèrent, rapidement, ils le firent en silence, loin de ces braillements que poussait parfois en de telles circonstances celle qui marche en balançant.

Parfois, l'un ou l'autre regardait dans sa direction, sans un geste à son adresse, ni découvrir les dents — ni même regarder avec une attention particulière. Quelques mâles ramassaient des pierres rondes, qu'ils considéraient parfois attentivement avant de les laisser tomber ou de les jeter dans l'eau. Mais ils ne lançaient pas les pierres en direction de l'autre berge, vers cet endroit où ils avaient vu s'enfuir la petite harde, et ils ne les lancèrent pas davantage en direction de son buisson d'épines ; elle comprit qu'ils devaient tout simplement agir de la sorte pour éloigner d'eux les quatre pattes qui voudraient venir boire, ou ceux qui vivaient dans les eaux.

Ils savaient faire cela. Si évidente que lui parût leur intention, en se comportant ainsi, elle s'étonna pourtant à la fois de la comprendre et de ne l'avoir jamais vu faire auparavant, de n'avoir jamais eu l'idée de le faire elle-même.

Elle s'était toujours efforcée, au contraire (et pas seulement elle), de déranger le moins possible la surface de l'eau, quand elle buvait seule, de faire le moins de bruit possible afin de ne pas attirer l'attention d'un affamé à quatre pattes plus fort qu'elle. Jamais il ne lui était venu à l'idée que troubler l'eau pouvait provoquer chez les quatre pattes cette réaction qu'elle avait elle-même quand elle s'apercevait qu'un endroit était occupé.

La griffure d'épine sur sa lèvre avait fini de couler, et maintenant picotait Elle lécha distraitement le sang séché au bord de sa bouche, repoussant régulièrement la mouche bleue qui voletait alentour. La mouche se posa sur son front et la piqua ; elle l'écrasa d'une gifle plate, et le mouvement provoqua d'autres piqûres, d'épines celles-là. Elle s'aperçut qu'elle était en réalité très inconfortablement installée dans son buisson, en même temps qu'à peine protégée — que les *autres* essaient de la déloger et il ne leur faudrait pas beaucoup de temps ni d'efforts pour y parvenir ; elle risquait de se lacérer bien plus douloureusement qu'ils ne seraient gênés.

Mais elle n'osa pourtant pas quitter sa « protection » d'épines immédiatement. S'ils l'avaient vue, s'ils savaient qu'elle se trouvait là, elle ne tenait pas à attirer leur attention plus que nécessaire.

Elle décida d'attendre qu'ils traversent la rivière et qu'ils marchent sur les traces de la harde fuyarde. Alors, elle les suivrait, à distance suffisamment grande, et, de loin, regarderait ce qui se passerait. Elle n'avait plus véritablement peur — c'était une sensation différente qui pointait, au creux de son être, à la fois de la crainte, de la méfiance ordinaire et une curiosité affilée... et pas tout à fait cela, quelque chose de nouveau, d'inconnu, comme une force étrange capable de la faire rester là, dans ses épines, à attendre, en dépit de tous ces dangers possibles et tout à fait réels qui flottaient alentour.

De nouveau, elle s'accroupit, par souci de discrétion, d'une part, et aussi parce que ses jambes alourdies par la longue station contractée de la nuit la soutenaient douloureusement.

Accroupie, elle se vida le ventre de ce qu'il contenait de solide, et de liquide, puis elle en fit rapidement disparaître les odeurs avec du sable. Ça s'était mis à gronder en elle. La faim du premier jour se levait, pareille à chaque fois, comme si rien de nouveau ne s'était passé.

Elle regardait les *autres* boire, et arracher des feuilles aux grandes herbes larges de la rivière, et gratter le sol pour déterrer les racines qui se mangent. Plus elle les regardait, plus son ventre grondait, plus sa bouche devenait mouillée.

Puis ils bougèrent. Ils quittèrent l'endroit sur le bord de la rivière où ils étaient venus se désaltérer et grignoter un peu.

Mais ils ne traversèrent pas l'eau.

Ils ne s'en allèrent pas sur les traces de la harde enfuie.

Au lieu de quoi — au lieu de ces images-là qu'elle s'était mises en tête en attendant de les voir pour de bon —, ils s'ébranlèrent paisiblement, un petit groupe d'abord, puis un autre, un autre, et cela faisait tous et toutes, sous la conduite d'un (ou peut-être davantage) qui marche le plus vite. Ils suivaient le cours d'eau, sur cette berge-ci. Ils allaient dans la direction prise depuis longtemps par la petite harde, la direction qui conduit au bout du territoire aux odeurs amies et connues, vers la terre où le feu blanc du ciel retombe régulièrement.

Ils ne lui jetèrent pas le moindre coup d'œil.

Son ventre gronda plus fort que jamais et, au-dessus, cela se mit à cogner violemment en elle. Que les *autres* se désintéressent à ce point de la petite harde ainsi que d'elle-même la désorienta tout à fait pendant un instant. Au point qu'elle se demanda s'ils avaient bien remarqué leurs présences, nombreuses de l'autre côté de la rivière, et unique de ce côté. Elle ne savait plus quoi penser à ce propos.

Quand ils furent éloignés plus loin que la dernière poussière retombée sur leurs pas, et suffisamment loin pour que le babil des petits s'estompe au point de ne plus se percevoir que difficilement, elle se coula hors de son buisson... non sans se faire déchirer le dos une fois de plus par les dents aiguisées de la plante.

Là-bas, dans les hautes herbes couvrant les terres plates, les arbres en bouquets maigres, ou esseulés, se dressaient comme des silhouettes curieuses pour regarder passer la grande file des nouveaux venus Et sur leurs branches, ceux qui glissent en étendant leurs bras légers venaient se poser, en frappant l'air de petits bruits. Ils regardaient tous défiler les nouveaux venus — il n'y avait rien d'autre à voir. Et la petite harde ne faisait pas partie des curieux : la petite harde avait fui depuis longtemps, avant même que la grande lumière monte de la terre. Ils couraient, ils couraient, celui qui marche le plus vite, et tous les autres, et les femelles qui soufflaient fort sous le poids de leurs petits, ils couraient...

Elle les voyait courir. Ils ne regardaient pas derrière eux. Ils allaient vers les arbres nombreux et serrés, sous les hautes terres, ne craignant même plus de tomber dans ce trou où se cachent les lumières du jour et de la nuit. Quand ils parviendraient sous les arbres, ils s'arrêteraient, ils se retourneraient. Ils s'apercevraient que celui qui marche lentement n'était plus des leurs, et ils ne feraient rien pour retourner le chercher.

Elle pouvait franchir la rivière — attendre que les *autres* s'éloignent un peu plus, que le son de leurs voix soit tout à fait dissipé, et puis traverser l'eau, jusqu'au banc de pierres et d'herbes odorantes, d'abord, et puis ensuite l'autre partie de l'eau jusqu'à la berge opposée. De l'autre côté, elle courrait à l'endroit où elle les avait vus, d'où ils étaient vivement partis sous les harcèlements de celui qui marche le plus vite. Une fois rejoint cet endroit, elle pourrait sans difficulté retrouver leurs présences encore fraîches, et les suivre. Et si ses jambes n'avaient plus l'agilité et la légèreté qui étaient leurs avant le temps où le premier enfant était venu de son ventre, elle courait néanmoins encore vite, elle pouvait rattraper celui qui marche lentement avant que la chaleur du ciel soit la plus forte. Et ensuite, avec lui... elle pouvait...

Elle s'était mise en marche. Elle allait, de buisson en buisson, et dépassa le point de la rivière où elle avait traversé une première fois, dans la nuit d'avant.

Celui qui marche lentement ne s'était pas arrêté pour l'attendre, et s'il marchait lentement, ce n'était pas pour elle. Ce n'était pour personne. Il marchait lentement parce qu'il ne pouvait plus marcher vite, encore moins courir, et parce qu'il n'était plus capable de rien, ou presque, il s'asseyait près d'un buisson de baies à côté des enfants, et sans doute aurait-il été mangé le premier par un dévoreur, au cas où il en serait venu un. Pas plus lui que les autres de la harde ne l'avaient attendue, ni ne s'étaient souciés de savoir ce qu'elle était devenue.

Les rejoindre, en compagnie de celui qui marche lentement, c'était marcher seule probablement jusqu'à la fin de cette lumière. Jusqu'à la prochaine levée du sombre.

Elle poursuivait, de touffes d'herbes hautes croissant sur la berge en buissons. De buissons en troncs d'arbres. Si bien qu'à un moment, et comme elle se demandait encore s'il lui serait jamais possible de retrouver les siens — tous ceux et celles d'une unique habitude —, et si cela se produisait, se demandant où, quand, où et quand elle les retrouverait, elle ferma violemment les yeux.

Elle serra durement les dents.

Elle rouvrit les yeux et la lumière l'éblouit. Un instant. Un très court instant. La blancheur de l'éblouissement s'estompa, et ce fut comme si les silhouettes sombres émergeaient d'une surface d'eau scintillante. Ils étaient devant elle et poursuivaient leur avance tranquille, cueillant ici et là, grappillant, arrachant, coupant et déterrant.

Elle était immobile derrière un tronc couvert d'une plante qui rampe ; elle tendit la main, cueillit des feuilles qu'elle porta à sa bouche et mâcha. Elle non plus ne regarderait plus en arrière.

Elle les suivit, à cette distance prudente en limite de voix. Quand ils allaient moins vite, elle ralentissait. Elle avançait sans faire de bruit et en essayant de se rendre le moins visible possible, courbée, s'appuyant souvent sur ses mains pour conserver son équilibre pendant qu'elle marchait.

Ici et là, un peu au hasard et surtout pour accomplir des gestes — les gestes de toujours —, elle cueillait des feuilles appétissantes ou des baies colorées qu'ils avaient laissées derrière eux. Elle se mouvait en plein dans le sillage de leurs fortes présences. Elle avait le bord des yeux irrité à force de regarder en pleine lumière.

Quant à eux, ils allaient leur allure paisible. Elle les entendait jacasser ; certains grognements, certaines intonations ne lui étaient pas inconnus, en dépit de la distance qui en atténuait le ton. Elle écoutait, et c'était le plus étonnant : cette reconnaissance qu'elle pouvait avoir des expressions sonores qu'ils échangeaient. Car elle savait ce qu'ils voulaient exprimer, rien qu'à l'écoute de ces sons émis, et c'étaient les mêmes expressions qui s'échangeaient dans son ancienne harde. Elle savait qu'ils convoitaient certaines baies particulièrement agréables à regarder, elle savait qu'ils étaient satisfaits de manger, elle savait qu'ils n'avaient pas peur de manquer et d'avoir faim. Elle savait que des petits irritaient leur mère. Que des jeunes mâles s'affrontaient de la voix pour une femelle à l'odeur particulièrement avenante et offerte, avant de s'affronter du poing et des dents.

C'était comme si elle s'était trouvée avec eux.

Et parmi eux, il y en avait également plus d'un qui marchait lentement. Non seulement un mâle, mais plusieurs femelles.

Elle n'en avait vu aucun portant les marques d'un combat avec les dents et les griffes d'un quelconque quatre pattes. D'après ce qu'elle pouvait en juger, ils avaient gardé, tous, leur corps entier. C'était une harde forte, avec tellement de bouches remplies de dents, tellement de poings, que les quatre pattes affamés devaient longuement hésiter à attaquer, et les dévoreurs aussi, et encore ceux aux yeux de pierre et avec des poils comme la nuit, ceux aux poils comme de l'herbe sèche sur le dos.

Elle allait avec eux, derrière eux, à portée de voix. Elle entendait leurs cris, lorsqu'ils s'interpellaient, les gloussements qu'ils poussaient pour exprimer la satisfaction, et parfois, à cette écoute, elle avait elle-même une face agréablement détendue, apaisée.

Plus d'une fois, ceux qui marchaient lentement à l'arrière de la harde attendirent, en cueillant sans se presser, ou en prenant leur temps pour déterrer le dessous d'une plante à manger. Ils levaient la tête et regardaient dans sa direction. Plus d'une fois, elle fut certaine qu'ils l'avaient vue — mais ils continuaient de cueillir ou de gratter la terre, sans un cri, sans se montrer grondeurs et décidés à la repousser si elle s'approchait davantage.

Ou bien c'était parce qu'ils étaient devenus lents, non seulement pour marcher ? C'était parce qu'ils étaient devenus lents pour regarder aussi ? Et pour sentir ?

Cependant, elle n'en profita point. N'essaya nullement de se rapprocher plus près, au contraire. Elle s'immobilisait ; si elle cueillait, sa main restait suspendue ; si elle mâchait, même, ses dents interrompaient leurs va-et-vient et elle ne se pressait pas d'avaler.

Un peu avant la fin de cette première grande lumière passée à les suivre, elle vit pourquoi leur présence portait si fort l'odeur de la mort, et elle en fut horrifiée.

Et c'était trop tard pour qu'elle leur échappe, désormais.

Elle avait vu les grandes glissades lentes et noires, dans le ciel, de ceux aux bouches d'os et aux bras légers, et nul doute que la harde des *autres* — en tout cas et au moins celui qui les guidait — les avait aperçues également.

Ici, le rouge de la terre était la couleur la plus importante, et se voyait partout, comme la peau d'un grand crâne dont les poils auraient été très éclaircis ; il lui vint cette image quand elle se redressa au-dessus du ravin pour regarder plonger le paysage à ses pieds et jusque là-bas où il devenait invisible, mélangé au bord du ciel.

Elle connaissait ce large espace qui se trouvait en limite du territoire habituellement parcouru par son ancienne harde. Elle-même l'avait traversé deux fois. La terre était plate et longue, étirée dans tous les sens, légèrement pentue et bordée, au-delà des flous du lointain, par de nouvelles élévations couvertes d'arbres touffus. Mais entre la crête du ravin dénudé et ces élévations, c'était surtout la terre rouge pareille à un crâne dégarni, légèrement bossuée ici et là, striée et ridée, non seulement comme un crâne mais comme un visage portant beaucoup de souvenirs. Les buissons épars n'étaient pas de ceux que l'on mange ; ils avaient des feuilles pointues et dures, coupantes, ou alors des épines en bouquets, leurs troncs étaient tordus, secs et blanchâtres, ou bien encore ils ne s'élevaient pas plus haut que les yeux quand on est debout sur deux jambes et se composaient principalement de feuilles dentelées aux tiges flexibles (ces feuilles-là se mangeaient quand elles étaient petites, mais plus maintenant). Les ombres n'étaient guère épaisses ; on les percevait fragiles rien qu'à les regarder, sans rien de l'agréable consistance fraîche de celles qui tournent au pied des arbres importants dont les feuillages épais cachent la lumière.

Et les glissades lentes et noires, dans l'air bleu, de ceux dont la bouche est en os et les bras si légers, s'entrecroisaient au-dessus de ces terres-là, dans un silence que les cris pointus et rauques tailladaient sèchement.

Et ce fut dans cette direction que la harde bifurqua à un moment, après avoir entendu les cris qui tombaient des bouches en os et aperçu les glissades lentes et noires, là-haut.

Dans son ancienne harde, hier encore, quand on entendait crier les bouches en os sur ces glissades rondes qui finissaient par dégringoler comme des pierres du plus haut où elles tournaient, on évitait plutôt de se trouver au même endroit, c'est-à-dire en dessous des glissades, car c'était courir le risque de rencontrer un dévoreur quelconque en train de déchirer une proie. Ceux de là-haut, en grand nombre ou solitaires, ne tournaient pas pour autre chose, et quand ils plongeaient, quand ils descendaient à terre, c'était seulement que les dévoreurs s'étaient éloignés, ne laissant de leur victime que quelques bouchées sanguinolentes. Il fallait souvent, pour les bouches en os, disputer ces reliefs à d'autres mangeurs à quatre pattes, tels ceux qui crient à plusieurs cris rebondissants.

Avec l'ancienne harde, on fuyait plutôt les rondes planantes des bouches d'os aux grands bras légers.

Les *autres* avaient fait tout le contraire — elle les suivit (que pouvait-elle faire à présent ?), et ce qu'elle accomplissait avec eux, à leur exemple, pouvait bien être à l'encontre de toutes les prudences et de toutes les règles acquises, elle n'en redoutait aucunement les imprévisibles conséquences. Ou encore : il ne lui semblait pas que les actes qu'elle imitait avec un si grand nombre puissent avoir de fâcheux prolongements, et que si c'était le cas, de toute façon, une harde si forte se devait de savoir surmonter et franchir les obstacles auxquels elle s'attaquait.

Ils avaient quitté le bord de la rivière, ils avaient gravi à vive et surprenante allure la pente du ravin qui s'élevait à bonne distance de là au-dessus de la ligne des arbres. Ils poussaient des cris d'impatience et d'excitation, agitaient les bras, et elle en vit plus d'un qui ramassaient des pierres et les gardaient dans leur main, les emportait dans leur course, sans les jeter, ni frapper quoi que ce soit avec. Un instant, elle crut qu'ils allaient lancer ces pierres sur ceux qui ont des bouches en os et qui tournaient au-dessus, mais c'était inhabituel de lancer une pierre vers ceux-là, c'était insensé de penser qu'on pût agir ainsi. Elle aussi ramassa une pierre et la garda dans sa main.

Elle avait suivi la harde à l'assaut du tertre. Une chose était sûre désormais : ils ne pouvaient plus ignorer sa présence à leur suite. L'ascension de la pente s'était déroulée pratiquement à découvert, à travers de rares plantes trop hautes et dépouillées pour qu'il soit possible de se cacher dessous, trop basses pour qu'elles puissent fournir un écran efficace. A l'évidence, ils savaient qu'elle était là, et qu'elle les suivait. Ceux qui marchaient lentement grimpaient plus lentement encore, mais tenaient à ne pas se laisser distancer, aussi redoublaient-ils d'efforts tendus vers le sommet du ravin, et les coups d'œil qu'ils jetèrent en arrière étaient rapides, furtifs, simplement curieux, ni scrutateurs ni dissuasifs — en réalité, relativement indifférents, bien assortis à leur attitude générale à son égard. Quand le plus lent s'arrêta en faisant de grands bruits rauques par sa bouche, elle s'arrêta de même, là où elle se trouvait, c'est-à-dire sur la terre nue, entre deux touffes verdâtres de plantes qu'elle ne songea pas à atteindre. Elle était si proche de lui qu'elle distinguait parfaitement les taches de poils clairsemés sur la base de son crâne ; elle vit qu'il en avait très peu également sur le dos, sauf aux épaules et aux reins, et elle ne fut pas certaine que cet éclaircissement des poils fût causé par le grand poids des souvenirs : les autres de la harde, mâles ou femelles, dont la longueur de vie se situait entre les petits et les derniers, n'en avaient guère davantage.

Ils ne l'empêchèrent pas de les suivre. Ils n'avaient pas la moindre crainte, visiblement, de la savoir là — sa main qui tenait la pierre ne les impressionnait absolument pas.

Du sommet du ravin, elle les regardait courir vers ce point sur la terre rouge, en dessous des ronds tracés par ceux dont la bouche est d'os. Quand elle comprit que c'était vers ce point-là qu'ils se dirigeaient, sans erreur possible, elle quitta son poste d'observation sur le faîte de la ravine nue, descendit à leur suite en maintenant la distance.

Puis les *autres* arrivèrent au bas de la pente ; sans ralentir leur allure, ils poursuivirent leur course, filant droit vers le but qu'ils s'étaient fixé. Ils agitaient les bras, sautaient et criaient des sons gutturaux qui rebondissaient entre de véritables hurlements. Là-haut, ceux dont la bouche est d'os planaient sur place, ou bien leurs glissades étaient courtes et tournaient sur elles-mêmes.

La présence de ce vers quoi ils couraient en braillant fouetta brusquement l'air, jaillissant par-dessus les cris, et vint frapper les narines de la petite femelle accroupie au bas de la ravine, dans une touffe d'herbes sèches que la harde des *autres* avaient traversée, et où elle s'était arrêtée. L'odeur s'écrasa, forte, âcre, au fond de ses narines.

Elle vit s'enfuir les quatre pattes dont le cri est fait de plusieurs qui rebondissent — les mangeurs de viande inerte. Dans son ancienne harde, on avait toujours cherché à éviter ceux-là, et surtout quand ils mangeaient. Les *autres*, au contraire, poussaient tous ces cris d'intimidation et couraient droit dessus... si bien que la peur tournoya dans le ventre de ceux dont le cri ressemble à plusieurs cris, et ils s'enfuirent loin de là, à bonne distance, plus loin que les pierres rebondissantes que leur jetaient certains de la harde.

Elle regardait, bouche ouverte, sèche d'ahurissement. Elle essayait d'avaler, mais l'humide s'était envolé de tout l'intérieur d'elle-même, eût-on dit. Elle sentait frapper fort et haut, en elle, c'était peut-être ce qui retirait l'humide, et cela frappait si fort que c'en était presque un vrai bruit. Un vrai bruit qu'elle entendait, de l'autre côté de ses oreilles, dans sa tête qui lui semblait très vaste et très vide, entièrement faite pour ce bruit et pour contenir sans se briser toute l'inadmissible et incompréhensible abomination de ce qu'elle découvrait.

Car ce n'était pas suffisant pour eux d'être assez forts et assez nombreux pour effrayer une bande de mangeurs de viande inerte : s'ils avaient fait cela, c'était pour voler cette nourriture aux quatre pattes dont le cri est comme plusieurs cris.

D'abord, ils entourèrent la proie oubliée, partiellement dévorée par quelque grand dévoreur. Elle ne vit plus rien de précis, sauf qu'ils formaient une sorte de bloc remuant, et que d'autres se tenaient à l'écart en continuant de faire des gestes en direction des quatre pattes. Ils criaient encore, ils faisaient grand tapage. Elle vit passer de main en main la tête de la proie abandonnée, qui était celle d'un grand avec comme des branches dessus. Puis ils la reposèrent dans un cercle de petits.

Cela frappait très fort en elle, et c'était de plus en plus sec dans sa bouche.

Elle se rendit compte qu'elle serrait tellement les doigts sur sa pierre qu'elle en avait mal au creux de la main.

Après quoi, les cris et les gesticulations sur les *autres* de la harde retombèrent, simultanément. Ils étaient accroupis, ou bien restaient debout, mais ne couraient plus en tous sens, autour de la proie.

Et ils mangeaient.

Ils crochaient dans la viande avec leurs mains, ils écrasaient et tranchaient avec leurs ongles, leurs dents, mais aussi des pierres qu'ils ramassaient à terre et rejetaient quand ils étaient parvenus à découper ce qu'ils voulaient, ou briser l'os dont ils suçaient l'intérieur et les débris. Ils tiraillaient, mordaient, mâchaient. Parfois, ils se disputaient un morceau qu'ils étaient deux, ou plus, à avoir saisi.

Ils étaient comme des quatre pattes.

Ils se mangeaient entre eux.

Les petits couraient alentour et s'éloignaient parfois de nombreux et longs pas avant qu'un cri les rappelle.

Ils se mangeaient entre eux et savaient qu'ils étaient forts. Ils n'avaient peur de rien.

Elle avait la bouche plus sèche que la terre sous ses pieds. La chaleur pesa soudainement, très lourde, juste au sommet de son crâne et elle vit comme une violente et brève lumière sous ses yeux. Ce fut comme si ses doigts pénétraient dans la pierre qu'elle serrait.

Maintenant, la pierre avait roulé parmi toutes les autres. Des petits êtres piquants et noirs couraient dans les grains de terre, exactement semblables à ceux qu'elle avait observés au bord de l'eau, quand elle avait vu les *autres* pour la première fois — elle entendit les petits bruits qu'ils faisaient avant d'ouvrir les yeux et de percevoir tout autre son. Puis cette lumière qui était tombée sur elle (croyait-elle) se déchira, se dispersa. Alors, elle était couchée sur la terre rouge, et là-bas les *autres* avaient quitté le point où elle les avait vus manger un des leurs à quatre pattes, une proie volée à ceux qui crient à plusieurs cris, qu'eux-mêmes avaient volée à un dévoreur.

Car elle avait bien vu. Ce n'était pas une de ces images qui traversent le sommeil.

C'est parce qu'elle avait vu, et parce que cela s'était bel et bien passé sous ses yeux, que la violente et brève lumière lui était tombée dessus pour la plonger dans une sorte de sommeil, comme quand la peur monte trop vite, tellement vite qu'on ne peut plus courir ni bouger. Suffisamment de temps blanc, puis noir, s'était écoulé pour que la grande chaleur éblouissante tombe un peu et descende vers la terre.

Les *autres* s'étaient éloignés. La harde était dispersée, comme déployée — comme s'ils ne redoutaient véritablement rien ni aucun des quatre pattes qui pouvaient surgir à tout instant, de n'importe où sur les terres rouges. Ils allaient, lentement, de buisson en buisson, cueillant et grignotant. Un groupe de mâles se tenait un peu de côté, surveillant à la fois la harde de femelles et les environs. Ils avaient marché et s'étaient éloignés vers le bas de la longue pente franchie, escaladée puis redescendue, qui les séparait de la rivière.

Elle aperçut là-bas, plus loin que le fond du tertre, une tache plate et brillante qui situait la rivière. C'était vers cet endroit que la harde s'acheminait tranquillement.

Elle se redressa, en ayant toujours l'impression que sa tête était trop vaste pour elle, et bizarrement creuse. Elle chercha la pierre, autour d'elle, mais ne la trouva point, ne la reconnut pas. Alors, elle en saisit une au hasard, qu'elle étreignit fortement dans ses doigts, tandis qu'une brève sensation d'apaisement la traversait — puis cette impression retomba aussi vite et légèrement qu'elle était montée, disparaissant comme si elle n'avait jamais existé. Elle chercha à en conserver une image, mais il n'y avait pas d'image possible, elle ne connaissait rien qui lui permît de la construire. Elle lâcha la pierre qui ne lui était d'aucune utilité et la regarda rouler au sol. Puis elle la saisit de nouveau, la serra entre ses doigts, et contre elle... mais elle ne retrouva rien de la sensation brièvement connue. Elle lâcha la pierre pour de bon. Elle en prit une autre, puis une autre. Elle les lâcha après les avoir serrées toutes deux. Elles ne servaient à rien.

Plus tard, quand la lumière baissa, quand les ombres grandirent, elle se leva à quatre pattes et s'approcha de l'endroit. Son ventre grondait. Quand elle fermait les yeux, sa tête pesait, à cause de la chaleur et aussi parce qu'elle n'avait presque rien mangé.

Les plus proches se trouvaient à une portée de présence de l'endroit. Il y avait plusieurs groupes, maintenant. Sa présence à elle parvenait facilement jusqu'à eux, elle le savait, puisque l'haleine de l'invisible passait sur elle d'abord et allait vers eux. Elle avançait prudemment, faisait un bond, s'arrêtait, repartait.

Mais ils ne lui accordèrent aucune attention.

Elle n'avait pas la moindre importance. Ni pour ceux d'avant qui avaient fui sans s'occuper d'elle (pourquoi l'auraient-ils fait ?) ni pour eux, maintenant (quelle importance auraient-ils pu lui trouver ?). Elle était seule et elle les suivait ; quand ils décideraient de la tuer pour la manger, ils se tourneraient vers elle.

A l'endroit qu'ils avaient occupé, leur présence était encore si forte qu'elle semblait filtrer du sol même et flotter au-dessus ; elle imprégnait les branchettes des buissons proches contre lesquels ils s'étaient frottés.

La tête de la proie avait été broyée, fracassée, mais les portions des branches d'os parsemaient le sol. La présence de celui aux dents qui frappent submergeait le tout.

Là-haut, ceux aux bouches d'os et aux grands bras légers ne tournaient plus : ils étaient partis.

A une distance plus longue que leur présence, les quatre pattes au cri comme plusieurs cris allaient et venaient en gémissant plaintivement.

Elle ramassa les fragments d'os, les porta à sa bouche, mais avant que ses lèvres ne les touche, son ventre se retourna en elle et elle cracha tout ce qu'il contenait. Elle tomba assise. Elle avait les jambes et les bras à la fois lourds et mous.

Ils n'avaient qu'à attendre. Quand ils se décideraient à lui fracasser la tête, ils se retourneraient et ils marcheraient vers elle. Et elle serait là, puisqu'elle n'avait nulle part ailleurs où être. Puisqu'elle était venue derrière eux jusqu'ici, et puisque, aussi longtemps que la porteraient ses forces, elle irait où ils iraient.

Si elle était aussi forte qu'eux, si elle apprenait leurs gestes, si elle en avait le temps... si elle était comme une des leurs, peut-être ne leur viendrait-il pas l'idée de la manger ?

AINSI donc, elle les suivit longtemps.

Elle les accompagna.

La première nuit fut la plus longue, et elle ne dormit pas. De temps à autre, elle fermait les yeux, appuyant sa tête contre le tronc de l'arbre autour duquel elle avait noué ses bras ; le sommeil tournait autour d'elle, et quand il se posait, elle s'ébrouait vivement pour le chasser.

Elle n'était pas montée au hasard dans le premier arbre venu. Au contraire, elle l'avait soigneusement choisi sous l'haleine de l'invisible qui traversait doucement le sombre, porteuse des présences des *autres*. De telle façon qu'elle se tenait un peu au milieu d'eux, enveloppée dans une sensation qu'elle pouvait s'inventer de leur chaleur. Des images affluèrent qui lui firent retrouver les moments où elle dormait contre celui avec un seul bras. Sur son visage, il y avait une expression satisfaite qu'elle conserva longtemps, qui persista même après qu'une série de frissons l'eut secouée et ne s'estompa que très lentement.

Les *autres* se savaient si forts qu'ils n'éprouvaient pas la nécessaire prudence de grimper dans les arbres pour dormir. Quelques-uns seulement, sur tout le groupe, s'étaient perchés ; ils avaient choisi les troncs les plus gros et les plus isolés. Au pied des arbres, le reste de la harde s'était couché à terre, serrés l'un contre l'autre ou roulés en boule. Ceux qui avaient grimpé dans les branches au-dessus du sol étaient les seuls à veiller — ce fut ce qu'elle comprit... et il lui parut totalement inconcevable que les membres de sa harde (l'ancienne harde) eussent pu agir de la sorte... tout aussi inconcevable que de manger de la chair d'une proie abandonnée par un dévoreur. Pas un seul instant elle n'envisagea qu'elle-même pût jouer ce rôle de guetteur au service des siens, tout simplement peut-être parce qu'il ne lui semblait pas admissible de confier son sommeil à quiconque de ceux et celles avec qui elle avait appris à vivre.

Mais les *autres* le faisaient. Très naturellement. Comme ils savaient lancer des pierres pour faire fuir ceux qu'ils visaient. Comme ils mangeaient la viande de quatre pattes disputée et gagnée à d'autres quatre pattes.

Cette nuit-là, cette première nuit, si elle repoussa vigoureusement chaque assaut du sommeil, c'était qu'elle redoutait d'en être tirée brusquement autant par l'approche d'un dévoreur — n'importe quel dévoreur — que d'un des *autres*. Mais il ne vint personne, pour tenter de la manger, et quand la grande lumière remonta, elle eut simplement beaucoup de mal à descendre de l'arbre et à se mettre en marche sans tarder, car les raideurs étaient douloureuses dans son dos et ses bras. Imprimée dans ses cuisses, il y avait la marque profonde de la branche sur laquelle elle s'était tenue assise, contre le tronc.

Dans la pâle lueur de la première lumière, encore petite, les *autres* s'éloignaient et reprenaient la direction de la rivière.

Elle les suivit.

Elle suivait leur présence. Elle marchait derrière eux, à distance d'odeur, et comme eux marchait à terre, à travers herbes ou buissons, sur des sols qui étaient tantôt doux sous le pied, tantôt couverts de pierres coupantes. Quand c'était des pierres coupantes, il ne se passait guère de temps avant que les mâles, d'abord, mais aussi les femelles, en ramassent et se mettent à les jeter ici et là. Ils lançaient les pierres contre toutes sortes de choses, d'autres pierres, des troncs, ou certaine branche de tel arbre, et quand ils atteignaient leur but, quel qu'il soit, ils poussaient tous des cris de contentement qui faisaient plaisir à entendre. Quelquefois, ils lançaient les pierres en direction d'un groupe de quatre pattes en train de fouiller le sol avec leur gueule plate aux dents courbes, et ils ne semblaient pas craindre le moins du monde une charge de ceux-ci — et il n'y avait d'ailleurs pas de charge, c'était le contraire : les fouilleurs de terre s'enfuyaient un peu plus loin, ou alors ils restaient indifférents.

Ils lançaient les pierres sans cesser de cueillir ici et là, les uns et les autres. Tous ne cueillaient pas, tous ne lançaient pas de pierres. Mais ils étaient nombreux, dans chacune de ces occupations, à pousser des cris agréables quand un projectile fracassait la branche visée.

La première fois qu'ils se mirent à lancer les pierres, elle s'immobilisa net et se cacha du mieux qu'elle le put, en s'aplatissant dans les herbes... Jamais, pas une fois, il ne s'en trouva un pour projeter une pierre coupante dans sa direction.

Elle en ramassa elle-même. Mais elle n'osa les lancer, sur rien. Elle les gardait en main, les serrait dans ses doigts, et puis, quand les fragments durs étaient poisseux de sueur, elle les lâchait. Elle en ramassait une autre.

Elle marchait à terre le plus souvent, mais parfois elle grimpait dans les arbres. Quand c'était possible, elle se déplaçait de la sorte, ou elle en profitait pour manger des feuilles tendres, rapidement, se bourrant la bouche de pleines poignées qu'elle raflait rudement.

Les *autres* ne grimpaient que rarement. Sinon ceux qui n'étaient plus tout à fait des petits sans être déjà tout à fait autre chose : eux le faisaient pour rien, juste se balancer et pousser de petits jappements joyeux qui ressemblaient curieusement à ce que disent les quatre pattes mangeurs de viande inerte dont le cri est comme plusieurs cris.

Elle les suivait pour ne pas être seule à jamais, oubliée jusqu'au moment qui viendrait vite où elle serait sans doute dévorée par un affamé aux dents plus tranchantes que la pierre. Pour comprendre cette façon qu'ils avaient de jeter des sons — elle en comprenait beaucoup, déjà : ils étaient pareils à ceux qu'elle savait produire elle-même, et avec elle ceux de son ancienne harde...

Elle ne voyait plus souvent les images de l'ancienne harde. Ou alors, c'étaient des images bien lointaines, bien avant ce moment où elle avait vu les *autres*, depuis la berge de la rivière : des images qui montraient celui avec un seul bras encore vivant.

Elle les suivait pour être dans leur présence âcre et piquante. Déjà, cette présence ne la gênait plus, et elle s'était habituée à associer ce qu'elle voyait — ce qu'elle avait concrètement sous les yeux — aux images de viande morte et de dévoreurs. Elle les suivait pour les apprendre.

Une fois encore, elle les vit courir jusque sous les rondes planantes de ceux aux grands bras légers et à la bouche comme de l'os. C'était encore un de ceux qui courent si vite, sur leurs jambes fines et légères, avec dressées au sommet de la tête comme les dents de celui aux dents qui frappent. Il n'était pas mort, mais il avait les deux pattes de devant brisées, et les os durs qui lui crevaient la peau. Autour de lui tournaient en silence une bande de ceux dont le cri est plusieurs cris bout à bout. La présence forte dépassait celle de la peur ; elle était déjà la mort, déjà quand le malheureux terrorisé ne bougerait plus et que les crocs des crieurs lui ouvriraient le ventre pour éparpiller ses entrailles.

Les *autres* lancèrent les pierres qu'ils avaient ramassées, une fois de plus. Ils éloignèrent sans peine les petits crieurs hoquetants, dont un pourtant donna l'impression, un instant, qu'il ne se résoudrait pas à abandonner trop facilement son repas toujours vif. Mais les pierres l'atteignirent, aussi tranchantes que les cris, et lui taillèrent la peau jusqu'à l'os, firent jaillir le sang.

Elle cria, elle aussi, mais presque à voix basse.

Ensuite, les pierres s'abattirent sur la proie. Ils lui portèrent les derniers coups à l'aide de ses propres os, recourbés et pointus, qu'ils lui arrachèrent de la tête après les avoir brisés en les écartant l'un de l'autre.

Plus tard, au-delà de la nuit qui suivit, elle était seule à cet endroit dans la lumière montante. Elle porta ses mains qu'elle avait longuement frottées sur le sol à ses lèvres, et de nouveau ce fut comme si son ventre se retournait en elle. Le morceau de peau qu'elle avait ramassé tomba d'entre ses doigts.

Mais elle devait devenir ce qu'ils étaient.

Et elle savait qu'elle n'y parviendrait jamais.

Il y eut des grandes lumières ; il y eut des temps sombres. Des jours et des nuits.

Le jour, elle suivait la harde des *autres*. Elle se nourrissait de ce qu'elle trouvait sur son chemin : les feuilles, les herbes, les fruits, les racines qu'elle avait toujours mangés ; elle cueillait, arrachait, coupait, déterrait. Ce n'était pas beaucoup, car elle utilisait le plus grand du temps à surveiller et apprendre les *autres*. Et comme elle ne pouvait cueillir, arracher, déterrer, couper en leur compagnie, il lui fallait se contenter de ce qu'ils laissaient. Elle aurait pu courir vite pour aller couper, arracher, cueillir et déterrer devant eux, là où ils n'étaient pas encore passés, mais elle ne le fit pas. Elle était à peu près certaine que si elle osait cette initiative, leur belle indifférence à son égard cesserait sans tarder, et ils auraient tôt fait de ramasser des pierres...

La nuit, elle choisissait un arbre dans leur présence, d'où elle pouvait les voir... et les entendre. Elle laissait le sommeil l'envahir par à-coups, et ne fermait jamais tout à fait les paupières.

Ils ne virent pas celui aux dents qui frappent, mais l'entendirent gronder une nuit et puis une autre. Seulement après, ils le rencontrèrent.

Elle allait dans les arbres.

Maintenant, ce n'était plus la terre plate et pelée comme une vieille peau, avec ses petits buissons ras et les plus grands épars. C'étaient des arbres serrés, hauts, avec des troncs massifs, des branches larges et noueuses, multiples, dont les innombrables ramifications portaient des feuilles d'une couleur épaisse, comme si elles s'étaient trouvées encore dans la nuit. Et c'étaient beaucoup d'arbres. Quand on levait les yeux, on ne voyait plus le dessus dans son entièreté — à peine le distinguait-on partiellement. La lumière traversait les feuilles et descendait en scintillant comme une eau. C'était difficile de la fixer longtemps, car après les mêmes points brillants dansaient devant les yeux, où qu'ils regardent.

Le jour d'avant, les *autres* avaient longé les arbres sans pénétrer dessous. Cette nuit-là, ils avaient grimpé jusqu'aux meilleures branches, à deux ou trois tailles de hauteur.

Elle les avait vus faire, de son propre perchoir isolé, pratiquement collé à la lisière ; pour une fois, elle ne les avait guère trouvés adroits, bien moins sûrs d'eux que lorsqu'ils lançaient des pierres ou arrachaient les membres d'une proie encore bougeante. Elle aurait pu descendre de sa branche, aller vers eux, et montrer aux femelles comment caler leur corps dans les meilleures fourches tout en serrant leur petit contre elles, sans courir le risque de chuter, ou de faire chuter le petit, au moindre mouvement.

Mais elle ne le fit pas.

Cette nuit-là, encore, ils entendirent gueuler celui aux dents qui frappent, ils l'entendirent rôder tout proche. Personne ne tomba des arbres, ni les femelles ni les petits.

Mais quand la grande lumière remonta de terre, juste un petit point d'abord qui brillait au bord des feuilles en même temps que tous les pépiements et jacassements sortaient de nombreuses bouches d'os, ils s'aperçurent qu'un mâle était resté à terre, qu'il était resté là, sans un son, sans un cri, avec son visage froissé qui ressemblait à une peau d'arbre qui n'a plus ses feuilles. C'était un de ceux de cette harde qui marchaient lentement.

Ils l'emmenèrent quand ils descendirent des arbres, et ils s'enfoncèrent sous les branches pour traverser l'espace boisé. Ils savaient, comme elle, qu'on ne rencontre pas souvent, au jour, celui aux dents qui frappent sous les arbres serrés, mais plus volontiers dans les espaces éclaircis, car c'est là qu'il voit le plus loin et que sa faim a le plus de chances d'être apaisée.

Elle avait pris le temps de manger. Sous les arbres, elle savait ne pas les perdre ; elle les entendait se mouvoir alors qu'ils se trouvaient plus loin qu'une distance d'odeur. Même si elle n'avait pas passé longtemps de son existence dans les branches, elle ne s'y sentait pas mal à l'aise, n'avait pas peur de sauter parfois d'une branche à une autre, et ainsi de changer d'arbre pour progresser sans mettre pied au sol — ce qu'elle ne les vit jamais faire.

Quand elle ne les entendit plus, elle cessa de mâcher. Elle écouta. Il y avait tous ces bruits de tous ceux qui vivent parmi les arbres et les feuilles, et les bruits des feuilles que l'haleine des invisibles agite.

Alors elle prit la direction dans laquelle ils avaient disparu.

Et puis, bien vite, la présence de celui aux dents qui frappent monta jusqu'à elle. Elle se sentit devenir glacée. Mais c'était juste sa présence, il était passé là, en dessous, au cours de la nuit. Sa présence qui demeurait, dans les mousses, accrochée aux longues glissades de feuilles traînant à terre...

La peur de les avoir perdus lui serra la gorge. Les troncs des arbres, ainsi que leurs plus grosses branches, étaient suffisamment rapprochés pour qu'elle puisse facilement aller de l'un à l'autre, et ce fut ce qu'elle fit. Son corps se propulsait, se balançait, s'accrochait à une branche pour la lâcher presque aussitôt et glisser dans l'air épais vers la suivante. Elle ne faisait pas de bruit, sinon ce très léger frottement quand ses mains touchaient l'écorce.

Elle parcourut ainsi en un rien de temps la distance... jusqu'à celui au visage froissé qui avait passé la nuit seul au pied d'un arbre. La surprise de voir l'*autre* assis là, par terre, dans un espace étroit dégagé de troncs, faillit lui faire manquer sa prise, et elle se rattrapa d'extrême justesse, resta ainsi, là, pendue par les bras à sa branche, avec les jambes qui se balançaient et un souffle de stupeur qui s'échappait de son ventre, en dessous d'elle.

Il était assis dans les grandes feuilles dentelées, au milieu d'une nuée de petits êtres volants et bourdonnants. Il n'y avait pas grand-chose qu'elle pût comprendre dans ses yeux fatigués — sauf, sans doute, le même étonnement que celui qu'elle exprimait : l'étonnement de la voir surgir ainsi, soudain, pendue et se balançant dans les branches, et puis là, immobile et stupéfaite.

Elle glissa vers le tronc de son arbre, se laissa couler jusqu'à la branche inférieure et s'installa à califourchon. Elle ne quittait pas des yeux celui au visage plissé. Il n'avait pratiquement plus de poils sur la tête, ni sur les épaules, et ceux qui couvraient encore parcimonieusement ses membres étaient sans couleur. Il la regardait.

Des images lui traversaient les yeux. Des images qui n'avaient peut-être jamais existé réellement, mais qu'elle avait vues, qu'elle n'avait cessé pendant longtemps de tirer et de tirer d'elle-même, et de tourner... Comme celui qui marche lentement, de sa har... de son *ancienne* harde, qu'ils avaient sans doute laissé derrière eux, et qu'elle-même n'avait pas jugé utile de rejoindre. Sans avoir rien vu, elle savait que les images n'étaient pas fausses quand elles montraient celui qui marche lentement déchiqueté par les dévoreurs.

Et les *autres* de cette grande et forte harde avaient laissé derrière eux celui-là, au visage tout aussi froissé que le visage de celui qui marche lentement. Ils n'avaient pas remarqué non plus que celui-là n'avait pas été capable de grimper pour se protéger, la nuit d'avant.

Même s'il avait le visage très fripé, les yeux presque couverts de vide, celui-là était encore tout à fait capable de sentir — le premier, il perçut la présence qui montait. A son tour, elle comprit qu'il approchait. Son premier réflexe fut de grimper plus haut dans l'arbre. Dans l'instant, elle vit cette étrange lumière presque éteinte, aussitôt rallumée, dans les yeux de celui-là au visage fripé. Non seulement elle ne grimpa pas plus haut, mais descendit.

En deux bonds, se propulsant de la branche contre le tronc, puis du tronc au sol, elle atterrit souplement dans les hautes feuilles dentelées, à quelques pas seulement de lui.

Il eut un léger, mais réel, mouvement de recul et elle en ressentit une sensation bizarre, comme quand elle avait des petits et qu'elle savait les obliger à rester avec elle. Elle marcha vers lui. Tendit la main vers lui.

Il ne faisait rien. Il ne chassait pas les bourdonnantes petites choses à l'entour de son visage creusé. Il la regardait.

Elle le toucha, et il avait la peau dure, plissée, un peu froide — il frissonna au contact des doigts posés sur son épaule osseuse, eut encore un autre mouvement de recul. Elle poussa un léger grommellement d'encouragement, en essayant de rendre son visage aimable, sans agressivité sous le masque de peur qu'elle sentait crisper ses traits.

Il ne réagit pas ; alors, elle l'empoigna fermement par le bras, elle le souleva. Il était bien léger, et pourtant plus grand qu'elle.

Debout, il s'appuya contre le tronc de l'arbre, mais elle fit le signe de se dépêcher, en lui désignant le dessus.

Alors, celui aux dents qui frappent creva les proches hautes feuilles.

Elle cria. Lâcha le bras de l'*autre* qu'elle avait touché, celui au visage plissé. Peut-être s'appuya-t-elle un peu sur lui pour s'élancer vers la branche qu'elle attrapa et sur l'enfourchement de laquelle elle se hissa.

Celui qu'elle avait touché ne lui accordait plus d'attention. Il était adossé au tronc, ses deux mains noueuses posées chacune d'un côté de lui, sur le tronc, et il avait presque l'apparence d'un autre tronc accolé au premier.

Elle cria pour qu'il tente de grimper, elle tendit la main vers lui. Il ne regardait pas.

Elle appela, poussa des cris rauques pour attirer son attention. Il ne regardait pas. Il regardait le dévoreur qui lui faisait face, quasiment à portée de patte.

Elle regarda le dévoreur, elle aussi, et cessa de gronder — quand elle se tut, le dévoreur aux dents qui frappent leva vers elle ses yeux à la fois comme de l'eau et de la pierre. Il entrouvrit la gueule. Sous les grandes dents extérieures, il y en avait d'autres, cassées. Il avait certainement autant de souvenirs et d'images en lui que celui de la harde adossé contre l'arbre. Les poils de son cou étaient arrachés par plaques.

Elle savait qu'elle ne craignait rien — c'était tout simplement une question de temps et d'appétit ; comme celui qu'elle avait touché, il était trop faible et trop accablé de souvenirs nombreux pour grimper.

Elle s'est redressée sur sa branche ; elle est montée sur celle du dessus.

Il a frappé, une fois, après avoir grondé brièvement — cela, elle ne voulait pas le voir. Elle avait déjà les images, quand de la même façon, ou presque, celui avec un seul bras s'était fait déchirer. Elle avait gardé les images et ne voulait pas voir, mais les cris s'élevèrent brusquement, partout, autour, comme lancés de toutes parts, jaillissant des troncs mêmes des arbres, et de chacune des feuilles, de derrière chaque brin d'herbe.

Les *autres* surgirent, braillant, hurlant, jetant des pierres. La surprise tomba sur celui aux dents qui frappent ; il ne les avait pas entendus, ni ne les avait sentis. Elle non plus (avait-elle autant de longs souvenirs que celui aux dents qui frappent ?...).

LIBERATORE 89.

Ils jetaient des pierres, criaient, sautaient, tournaient autour du dévoreur. Celui qu'elle avait touché était tombé au pied de l'arbre, et son torse ne bougeait plus, labouré par une grande plaie ouverte qui montait jusqu'à son cou. Son regard était dirigé vers le haut — un instant, elle pensa qu'il la voyait, et qu'il en était apaisé.

Les pierres étaient lourdes, coupantes. La plupart touchaient le dévoreur, avec tant de force qu'elles rebondissaient. Un temps, il fit mine de défendre sa proie, en grondant fort, en sautant ici et là, fauchant les herbes de ses griffes, secouant la tête et frappant l'air de haut en bas, toutes dents découvertes. Mais les pierres étaient trop nombreuses. Chaque fois qu'une d'elles l'atteignait à la gueule, il secouait vivement la tête, poussait un cri de douleur étonnée.

Et alors, brusquement, il bondit vers les *autres*, mais ce n'était pas pour attaquer : c'était pour s'enfuir.

Ils se précipitèrent à sa suite, toujours hurlant...

Plusieurs sont restés là, ramassant les pierres qu'ils avaient jetées, les léchant quand elles portaient des traces de sang, tout en frappant le sol avec rage. Ils poussaient des grognements pour manifester leur force et leur satisfaction — ils avaient vaincu celui aux dents qui frappent, et ce n'était pas la première fois.

Un d'entre eux a levé les yeux vers elle, dans l'arbre. Il a fait une rapide grimace aimable de sa grande bouche, poussant un petit cri. Il a levé son bras, l'a agité et ramené vers lui, pour qu'elle descende, mais c'est exactement ce qui a fait revenir la peur en elle.

Elle est montée plus haut, dans l'arbre, le plus rapidement possible ; elle s'attendait à ce qu'il jette cette pierre qu'il avait ramassée et qu'il léchait, pour l'atteindre et la forcer à descendre.

Mais non.

Ils sont partis.

ELLE se mit à trembler et dut attendre un instant avant d'oser faire les gestes qui la porteraient au pied de l'arbre. Et quand elle osa, elle tremblait encore, mais moins fort.

Le visage de celui que le dévoreur avait frappé évoquait une feuille toute fripée, détachée de sa branche. Comme cette feuille, il était tombé au sol ; couché de travers, à demi adossé au tronc, comme s'il s'appuyait sur un bras, l'autre bras replié derrière lui, entre son corps et l'arbre, selon un angle bizarre et inhabituel qui lui projetait l'épaule en avant. Beaucoup de sang avait coulé hors de lui, maculant les herbes ainsi que la mousse qui recouvrait les racines proéminentes de l'arbre. Il y avait maintenant sur lui une odeur de viande inerte qui ne tarderait pas à attirer d'autres sortes de dévoreurs, et principalement ceux dont le cri est plusieurs cris — mais pas uniquement ceux-là : toutes sortes de dévoreurs. C'était à la fois la présence du sang brillant et poisseux, la présence des chairs mystérieuses à l'intérieur du corps, et celle aussi des liquides et matières vaseuses qui s'étaient vidés hors de lui en cessant de vivre.

Elle restait là. Comme si quelque chose, encore, l'empêchait de bouger trop vite. Comme si quelque chose, une force, l'empêchait de détourner déjà son regard du visage éclaboussé de celui que le dévoreur aux dents cassées avait tué.

Comme si elle attendait quelque chose, sur le point de se produire, rien que pour elle.

Alors, elle attendit, tout en ressentant la curieuse sensation d'avoir été violemment secouée. Elle regardait celui qu'elle avait touché, qu'elle avait essayé de faire grimper dans les branches, avant l'arrivée du dévoreur. A le voir maintenant, là, on comprenait son incapacité à escalader des branches, même basses et faciles, quand il n'était pas encore déchiré et inerte. Comment avait-elle pu penser qu'il en serait capable ? C'était un mâle aux très lourds souvenirs, de la harde des *autres*; bien avant elle, il était venu du ventre d'une femelle, et puis... il avait marché et mangé, comme ceux et celles de la harde, et puis...

Qu'en savait-elle de mieux, sinon cet essentiel ?

Elle attendait que se passe ce qui devait se passer, à elle seule destiné.

A un moment, la bouche de l'*autre* s'ouvrit lentement, en donnant l'impression que cela n'allait jamais s'arrêter... mais cela s'arrêta, et il garda cette bouche grande ouverte, avec la tête un peu penchée de côté.

Ce fut tout. Il ne se produisit rien d'autre.

Ce qu'elle saurait tout particulièrement de lui, c'était qu'il l'avait laissée l'approcher, le toucher, mais que le dévoreur était venu juste avant qu'il puisse accomplir cet effort supplémentaire pour que...

Et elle emporterait l'image de sa tête qui se penchait, de sa bouche qui s'ouvrait, comme pour lui donner un dernier son, alors que sous sa poitrine déchirée et laquée de sang cela s'était arrêté de battre.

Rien d'autre.

Elle pouvait marcher, à présent. Les tremblements étaient tombés de ses membres, la sensation étrange d'avoir été secouée et battue s'était dispersée, pareille à une poussière qui s'est soulevée et retombe. L'impression que l'instant partagé avec celui-là contenait une importance particulière et tout à fait nouvelle fondit comme quand celui qui est invisible ravale son haleine, comme quand les feuilles s'immobilisent partout alentour.

Ce n'était rien d'autre qu'un mâle ancien qui ne marcherait plus.

Elle comprit qu'il ne fallait pas rester là plus longtemps, que la sensation éprouvée, de privilège et d'importance, fonctionnait comme le piège de ces fleurs remplies d'eau dans lesquelles tombent les petits êtres vivants bourdonnants.

Elle le laissa.

Tandis qu'elle marchait, à terre, parmi les grandes herbes plus larges que sa main, sa gorge devenait dure et serrée. Elle se hâtait, dans la présence des *autres* que les feuilles et les troncs cachaient à sa vue. De loin en loin, elle percevait les cris d'enthousiasme qu'ils continuaient de pousser pour annoncer à ceux qui les entendaient leur victoire sur celui aux dents qui frappent. Ou bien c'étaient aussi des cris de rage et de dépit, car si l'un d'entre eux était mort, s'ils étaient parvenus à échapper au dévoreur et à le faire fuir, ils n'avaient cependant pas réussi à le tuer, ils ne l'avaient pas mangé. Les cris racontaient tout cela.

Pour avoir vécu l'aventure, elle comprenait ce qu'ils lançaient aux arbres, au-dessus et autour d'eux. Les cris ne traduisaient pas sa présence.

Elle avançait, froissant d'un bon pas les herbes qu'ils avaient couchées juste avant elle. Elle avait oublié de remonter dans les branches, et elle ne pensait pas que celui aux dents qui frappent pût revenir à la charge avant un bon moment. Les autres préoccupations de prudence étaient sorties de sa tête.

Les images n'étaient pas celles de celui que le dévoreur avait tué.

Sa gorge lui faisait lentement mal, et jusque dans son ventre. Ce n'était pas une réelle douleur. Ce n'était pas tout à fait désagréable.

Et puis elle fut incapable de résister plus longtemps, et l'eau de ses yeux coula sur sa face.

Une fois déjà l'eau de ses yeux avait coulé : quand l'autre aux dents qui frappent avait tué celui avec un seul bras. Et après. Cette fois-là.

Et pourtant, à présent, les images n'étaient pas celles de celui avec un seul bras, ni de celui au visage froissé et qu'elle avait touché avant que le dévoreur le frappe. Les images étaient celles de celui qui était venu sous la branche où elle se tenait, et qui lui avait adressé un signe pour qu'elle descende.

Tandis qu'elle marchait, à grands pas, c'étaient les images de celui-là qu'elle avait devant les yeux — ses yeux que l'eau

brouillait, qu'elle essuyait avec le dessus de ses mains, tantôt l'une, tantôt l'autre.

Avec cette image-là de l'*autre* qui se plaçait au pied de l'arbre pour lever la tête vers elle et la regarder d'un air aimable, elle marcha longtemps, et longtemps.

Elle était derrière eux quand ils quittèrent les arbres nombreux et serrés, comme elle l'était avant qu'ils y pénètrent. Mais elle ne prenait plus de véritables précautions pour se cacher à leur vue, et si elle essayait de se tenir le plus possible sous l'haleine des invisibles qui portait les présences mêlées de la harde, ce n'était pas pour leur dissimuler la sienne.

Elle oubliait souvent de cueillir, et elle ne prenait plus guère le temps de fouiller la terre. Elle préférait attendre et les regarder, pas vraiment de loin, ni vraiment de près, à cette distance qu'elle avait pris l'habitude d'établir entre elle et eux, qui lui permettait de se garder continuellement dans leur odeur, presque leur chaleur.

Elle s'asseyait sur ses talons, posait ses bras sur ses genoux relevés, et elle restait ainsi à les regarder, tandis que ses mains pendantes et vides oubliaient de cueillir, tandis que son ventre grondait un peu, quoique de moins en moins fort. C'était ce qu'elle préférait faire. De temps à autre, bien sûr, elle bougeait un peu, elle changeait d'emplacement, selon leurs propres déplacements.

Et puis elle grignotait, arrachant distraitement quelques feuilles, grattant mollement la terre pour tirer une racine. Ou elle se contentait d'avaler les petits grains lourds et chauds qui courbent l'extrémité de grandes herbes ; elle mettait un temps fou pour les mâcher, et quelquefois on aurait pu se demander si elle allait se décider à avaler ; quand elle s'y résolvait, finalement, c'était avec une grimace pénible, comme si elle se forçait à une très désagréable obligation — elle n'eût pas fait pire grimace si elle s'était décidée à mordre dans de la viande, comme les *autres* ou ceux dont le cri est plusieurs cris.

Les petits, parfois, qui couraient sans surveillance, s'approchaient d'elle à moins de quelques sauts. Ils s'immobilisaient et la regardaient, et elle les regardait, en s'efforçant de se composer un visage agréable. Elle faisait en sorte de mettre dans ses yeux cette envie qu'elle avait de les serrer contre elle, mais sûrement n'avaient-ils jamais été habitués à comprendre cela. Ils la regardaient sans faire un geste et sans proférer un son, et elle leur présentait ce qu'elle espérait être un visage aimable, jusqu'à ce que, de la harde, un cri bref les rappelle, poussé par une femelle qui agitait les bras.

En tout cas, ils ne la craignaient pas — ni vraiment les petits ni les *autres* qui avaient plus ou moins de souvenirs en eux — car ils ne s'affolaient guère quand les petits s'approchaient d'elle.

Elle se demandait s'ils savaient. Pour tenter de répondre, elle tournait les images dans sa tête ; sans doute fallait-il les tourner de certaine façon, ou bien fallait-il d'autres images — mais elle ne trouvait toujours pas quoi répondre. Elle continuait de chercher. Certaines des images qu'elle possédait lui assuraient que, pour avoir surgi de cette façon, quand ils s'étaient précipités sur le dévoreur et quand ils s'étaient mis à le lapider, ils devaient être là depuis un instant déjà ; quelques-uns, au moins. S'ils étaient là, prêts à lancer les pierres, alors ils avaient vu cette tentative qu'elle avait faite de pousser à l'abri dans l'arbre celui que le dévoreur avait frappé. Donc, ils avaient pu comprendre qu'elle ne leur voulait pas de mal. Qu'elle était, d'une certaine façon, par ce geste-là, l'une d'entre eux.

Et ce qu'il avait fait, celui-là — au moins un parmi eux —, n'était-ce pas une manière de montrer qu'il avait compris cela ?

Elle croyait parfois que cette image qu'elle tirait sans cesse d'elle-même était une image sans réalité. Elle avait peur de ne plus savoir. Pendant de longs instants qui la laissaient stupéfaite et avec tout juste la force de cligner des paupières, elle était à peu près certaine que l'*autre* n'était jamais venu sous l'arbre uniquement pour la regarder, qu'il n'avait jamais fait ce geste à son intention.

Elle attendait de toutes ses forces d'autres images.

Une fois, la nuit monta de la terre et se répandit. Pourtant, elle ne ressentit aucune fraîcheur, au contraire. A partir de cet instant, qui commença une nuit, elle eut chaud et ses mains tremblaient, sa bouche claquait — elle avait chaud et elle frissonnait, en même temps.

Elle n'avait plus envie de manger, même si son ventre grondait, même si parfois ça faisait mal.

Elle consacrait tout son temps à attendre, à les regarder. Elle voulait le reconnaître mais n'y parvenait pas. Il devait être parmi ceux qui s'activaient le plus à casser des branches, lancer des pierres... s'accoupler aux femelles. Si la harde décidait jamais de s'intéresser à elle, il serait, celui-là, parmi les derniers, en admettant qu'il éprouve un jour suffisamment de curiosité à son endroit.

Cela lui faisait mal quand elle se souvenait du geste qu'il avait fait dans sa direction. Et si elle était descendue de l'arbre ?

Il y avait des jours et des nuits en plus dans les images de son souvenir. Elle marchait et elle regardait derrière elle tout ce qu'avait été son chemin dans le grand territoire, jusqu'à l'arrivée des *autres*. Tellement de choses, comme autant de petits êtres noirs et piquants qui se hâtent vers des buts qui leur sont propres, qu'on ne peut pas connaître — on peut juste les voir se dépêcher

Elle aimait bien regarder derrière elle ; elle voyait son trajet dans le grand territoire.

Tellement de choses, tellement de petits êtres noirs et piquants à jamais bousculés et pressés — tellement, et tout à coup si peu.

Comme presque rien. Comme l'eau de la rivière qui baisse encore sur les pierres de la berge. Presque rien.

Elle préférait certaines images à d'autres. Quand elle n'avait pas faim. Quand elle n'avait pas mal. Quand elle avait sommeil et pouvait dormir contre le ventre de celui avec un seul bras. Quand il avait chaud contre elle. Quand son petit ne s'était pas trop endormi et avait pu devenir celui qui n'a pas de couleur pour regarder.

Quand elle avait touché celui que le dévoreur avait frappé.

Quand l'*autre* avait regardé dans sa direction et lui avait adressé un geste, avec sa main qui tenait la pierre.

Elle n'oubliait pas qu'elle savait des choses, peut-être la seule, ce qui lui faisait peur, un peu, et qu'elle aurait bien voulu partager pour se rassurer.

Elle savait que dans tous les *autres* — et ceux qui ont quatre pattes aussi, ceux qui n'en ont pas une seule, ceux qui ont de grands bras légers, ceux qui glissent dans l'eau, tous, pas simplement ceux qui marchent debout — il y a cette partie de l'intérieur qui bat quand ils vivent ; et ne bat plus quand ils ont fini de bouger pendant longtemps.

Elle savait écouter d'une certaine façon l'haleine des invisibles dans les herbes, pour que ce soit agréable ; tout comme elle savait écouter d'une certaine façon les petits bruits de l'eau, pour que ce soit agréable et procure une espèce de plaisir comme quand on s'endort — mais sans dormir.

Elle savait que tout ce qu'elle savait n'avait pas la même importance, et qu'il existait des choses faites qui ne se reproduiraient jamais.

Elle croyait qu'on pouvait ne jamais finir, battre toujours à l'intérieur de soi, pour peu qu'on sache se garder de tous les dévoreurs.

A présent, l'ancienne harde n'existait plus. Il n'en subsistait pour elle que les images qu'elle avait conservées, et ces images se dissolvaient ou se ravivaient selon son désir.

Ne restait que le souvenir, de plus en plus lourd. Elle avançait vers les images pas encore nées, celles qui lui étaient destinées, aux environs de son chemin sur le grand territoire ; elle marchait sur le vaste souvenir, et elle en grignotait un petit bout supplémentaire à chaque nouveau pas.

Jamais les *autres* n'avaient cherché à la repousser, pas une seule fois. Il n'y avait plus qu'eux sur la terre, et elle se sentait apaisée, reposée, quand elle croyait apercevoir et reconnaître celui qui lui avait adressé un signe.

Elle croyait reconnaître sa silhouette.

Que pouvait-elle faire d'autre, sinon les suivre ? C'était devenu plus fort qu'elle. C'était devenu son seul trajet possible sur le territoire — et les espaces du dessus se sont enfin couverts de brumes, épaisses, sombres, et l'haleine de monstrueux invisibles, sans doute bien plus hauts que les quatre pattes avec un nez qui touche le ciel, l'haleine froide s'est mise à souffler.

L'eau du ciel à tomber.

Ce n'était pas un bon repos, sous les racines du grand arbre. L'eau coulait sur elle presque autant que si elle s'était tenue debout à quelques pas de là. Elle était sortie du sommeil, mais elle était encore engourdie.

Un grand frisson glacé l'a secouée quand elle s'est aperçue que leurs présences avaient disparu — elle les a vus, trop tard : ils avaient traversé la rivière.

Les eaux du ciel étaient tombées si brutalement, si violemment, qu'en moins de temps qu'il n'en faut à la grande lumière pour monter à la moitié de son trajet, la rivière était devenue une rivière de boue. Les *autres* avaient traversé avant que la boue, l'eau épaisse et la terre molle, soit trop forte.

Cette terre furieuse et grondante se dressait entre les *autres* et elle.

Elle avait froid, faim. Les pluies d'ici avaient ravagé les feuilles à manger des arbres agréables. Mais depuis longtemps elle n'essayait même plus.

Elle s'est approchée de la rive et, là-bas, de l'autre côté, il était là, lui aussi, tout petit parce que tout seul, alors que les *autres* s'éloignaient et, il a agité les bras, comme il l'avait déjà fait une fois. Il a agité les bras, désignant les troncs arrachés couchés dans les eaux, en partie dedans, en partie dessus. C'était là qu'ils étaient passés.

C'est ce qu'elle a vu. Il a agité les bras. Pour qu'elle vienne, qu'elle aille vers eux, avec eux, qu'elle soit parmi eux, dans leur chaleur, de leur harde.

Elle n'avait plus froid en entrant dans les eaux hurlantes afin de rejoindre les *autres*, et dans le vacarme des flots on n'a même pas entendu craquer la branche du tronc mort, et on ne l'a pas entendue, elle, crier — si elle cria.

Les souvenirs se sont entassés dans la mémoire de ceux qui s'appelèrent « hommes », et ils se sont entassés lourdement. Lourds, si lourds, de trois millions d'années, dit-on. Jusqu'à la découverte d'une partie de squelette, branches de l'arbre dans le corps enfui.

C'était une vivante sans nom, avant le nom des hommes, une qui déjà marchait debout, mangeuse d'herbes, de graines, de fruits et de racines douces. Morte noyée dans une rivière d'Afrique.

Voilà ce qu'on dit d'elle aujourd'hui, quelque part dans les images et les souvenirs qui lui étaient destinés si longtemps (et à la fois si peu de temps) après elle. Si longtemps pour elle qui avait peut-être juste vingt ans.

Points de repère

L'Univers

Il y a 15 à 25 milliards d'années, notre univers n'existait pas. Il n'y avait ni étoile ni planète, aucune matière, même le vide n'existait pas. Rien. Dans ce néant a retenti une gigantesque explosion, le Big Bang.

Notre univers venait de naître. Il n'était que chaleur, 1 000 milliards de degrés. Telle une formidable onde de choc, il entrait en expansion.

Dans ce brouillard de chaleur qui se refroidit lentement, la matière va s'organiser en atomes très simples : hydrogène, hélium... Ces atomes vont former des nuages qui, en se comprimant, vont s'échauffer. Les premières étoiles s'allument. Il y en a des milliards de milliards regroupées dans des systèmes que l'on appelle galaxies.

La Terre

Il y a 4 milliards et demi d'années, à proximité d'une étoile qui vient de naître et que, plus tard, les hommes appelleront Soleil, 9 planètes se forment, prisonnières de l'attraction de l'étoile.

La Terre est l'une de celles-ci. Masse en fusion, sa surface est à l'origine très probablement molle. Les plus vieilles roches connues n'ont que 3,8 milliards d'années.

La Vie

Sur Terre, il y a 3,5 milliards d'années, apparaît une matière très particulière dotée de capacité de reproduction ; la vie assemble ses premières cellules. Cette vie restera longtemps très primitive. Algues et bactéries en sont les seuls représentants pendant à peu près 3 milliards d'années. Par le jeu de l'évolution, des formes de vie vont apparaître et disparaître. Ainsi, durant environ 120 millions d'années (jusqu'à 65 millions), les dinosaures vont dominer notre monde.

La Terre continue à bouger, d'immenses plaques dérivant, tels des radeaux sur le magma liquide. Leurs collisions soulèvent les chaînes montagneuses, morcellent les continents.

L'Homme

Dans la grande classification des êtres vivants, l'Homme est situé dans le monde animal parmi les vertébrés (dont l'origine remonte à 500 millions d'années) ; au sein de ceux-ci, parmi les Mammifères (dont l'apparition est estimée à 200 millions d'années) ; et, parmi ces derniers, dans la catégorie des Primates.

On fait remonter l'apparition des Primates à 70 millions d'années. Ensuite vient la famille des Hominoïdes, qui n'a pas moins de 35 millions d'années, puis celle des Hominidés, apparue il y a 8 millions d'années, et enfin celle de l'Homme *(Homo)*, il y a quelque 3 millions d'années.

Dans la super-famille des Hominoïdes sont classés les premiers Primates évolués au cerveau plus développé, les Ægyptopithèques. Les Proconsuls du Kenya et de l'Ouganda, leurs descendants directs, se répandirent à travers l'Europe et l'Asie sous le nom de Dryopithèques. Des modifications climatiques les contraignirent à vivre plus souvent sur la terre que dans les arbres ; ils deviendront des Ramapithèques. Leurs cousins, les Kenyapithèques, seront les géniteurs des grands singes de la forêt tropicale (Gorille et Chimpanzés avec qui nous partageons 99 % du patrimoine génétique), des Australopithèques et des Hommes.

Les Australopithèques se tiennent debout ; les mains de leurs membres antérieurs, qui ne sont plus entièrement occupées par la locomotion, sont devenues disponibles de façon permanente. Dans le même temps, se produisent des modifications qualitatives et quantitatives de leur cerveau. Redressés, mais pas autant que les Hommes, les Australopithèques ont un crâne encore réduit ; leur dentition leur permet une mastication efficace. Leurs membres antérieurs sont courts mais restent marqués par leur aptitude à grimper aux arbres.

Les Australopithèques mesurent entre 1,25 et 1,50 mètre, et pèsent entre 25 et 50 kilos. Les derniers de la lignée auraient vécu en même temps que les premiers Hommes — *Homo habilis* — apparus il y a 3 millions d'années.

Mais leur coexistence, qui s'est prolongée sur quelques centaines de milliers d'années, impliquait des modes de vie non concurrentiels et des territoires différents.

Les Australopithèques sont végétariens, les Hommes ont une mâchoire d'omnivore. Leur outillage est plus élaboré, et sa fabrication, systématique. Le cerveau de l'Homme atteint 700 à 800 centimètres cubes, lorsque celui de l'Australopithèque ne dépasse pas 500 à 600 centimètres cubes (mais celui de l'Ægyptopithèque ne mesurait que 30 centimètres cubes — c'était 30 millions d'années avant).

Homo habilis donnera naissance à *Homo erectus* ; puis, ce dernier, à *Homo sapiens*.

Homme savant... ou sage ?

La première histoire d'amour du monde

Cette histoire d'amour, discrète et tendre, est peut-être la première histoire d'amour du monde. C'était il y a 3 millions d'années, quelque part dans l'est de l'Afrique, à une époque capitale où apparaissaient les premiers Hommes, tandis que n'avaient pas disparu les derniers Préhumains et où montaient chez les uns comme chez les autres, mais à des degrés différents, la conscience et l'émotion. Deux cent mille générations nous séparent de ces êtres, cent milliards d'hommes sont peut-être nés depuis, mais, même si ces produits du développement cérébral nous ont conduits à un degré extraordinaire de connaissance et de liberté, conscience, curiosité ou réflexion, émotion, sentiments ou passion, sont aujourd'hui de même nature qu'à cet instant (géologique) émouvant où nous les voyons émerger.

Pour situer cette histoire et les raisons pour lesquelles elle fut alors possible — elle ne l'était pas quelques instants géologiques auparavant —, il nous faut évidemment prendre du recul, beaucoup de recul. Il n'est sans doute pas inutile de rappeler, par exemple, que tous les êtres vivants qui existent ou ont existé appartiennent à un même arbre généalogique ; les conditions nécessaires à l'apparition de la vie à partir de la matière ne se sont en effet trouvé réunies qu'une fois. Et, à partir de ce moment, la vie s'est développée en s'adaptant aux conditions environnementales nouvelles lorsque ces conditions changeaient, ce qui s'est traduit par une incroyable diversité de formes de complexité croissante. L'histoire naturelle, comme ce que l'on a l'habitude d'appeler l'histoire tout court, est, en effet, événementielle ; si l'événement n'a pas lieu, le milieu ne change pas, et les êtres qui le peuplent n'ont pas de raison de changer eux-mêmes, puisqu'ils n'ont pas à s'adapter à quoi que ce soit de nouveau. Dans le cas contraire, tout évidemment se transforme pour parvenir à un nouvel équilibre naturel. Et 3 à 4 milliards d'années d'histoire de la vie se sont ainsi déroulées avant la non moins extraordinaire première histoire d'amour, cette histoire que nous venons de lire et de vivre. Ce fut d'abord la longue époque des êtres d'une seule cellule. Puis, peu à peu, mais tout de même 2 milliards d'années plus tard, règne animal et règne végétal se sont séparés ; les Invertébrés ont alors inventé, il y a 500 millions d'années, la colonne vertébrale ; les Vertébrés, il y a 400 millions d'années, les poumons ; les Mammifères, il y a 100 millions d'années, le placenta, améliorant sans cesse conditions de vie et développement. Il y a 70 millions d'années, les premiers petits Singes faisaient leur apparition, inventant la vie arboricole et inaugurant le goût pour les fruits, au moment où, dans l'autre règne, se développaient les plantes à fleurs. Il y a 40 millions d'années, c'était au tour des premiers grands Singes d'offrir à la compréhension du monde leurs encéphales mieux organisés, mais toujours petits. Puis, il y a 8 millions d'années, apparaissait notre famille, avec les premiers Préhumains, dont l'héroïne de l'histoire qui précède est l'une des dernières.

Puisque soudain apparaît notre famille, quel est donc l'événement survenu il y a 8 millions d'années et qui entraîne cette nécessaire transformation ? Eh bien, il est de taille !

L'Afrique en effet se brise ; la Rift Valley la casse du sud au nord et la divise en une Afrique à l'ouest de la faille qui reste ce qu'elle était ou presque, et une Afrique à l'est de la faille qui se soulève, à l'abri de la muraille que constitue le bord occidental de la faille en question ; l'Afrique à l'ouest demeure arrosée, boisée ; l'Afrique à l'est ne reçoit plus les précipitations de manière aussi régulière et se déboise. Comme il se trouvait que les grands Singes, ancêtres potentiels des Chimpanzés et des Hommes, vivaient précisément dans cette région du monde — parce que les vicissitudes de l'histoire des êtres vivants en avaient décidé ainsi —, ces grands Singes allaient évidemment avoir des destinées diverses suivant leurs positions par rapport à la fameuse faille. Les uns, à l'ouest, se trouveraient maintenus dans la forêt et la savane boisée que leurs parents connurent ; les autres, à l'est, se trouveraient, par contre, pour le moins surpris par un paysage dont ils n'avaient aucune idée antérieure, une savane claire et une prairie.

Ce sont ces derniers qui nous intéressent, car ce sont très probablement eux les premiers représentants de notre famille, sélectionnés par cet événement tectonique, devenu climatique, puis écologique. Leur adaptation à ce changement de milieu concernera leur port et leur locomotion, leur régime et leur dentition, leur cerveau et son enveloppe ; ils seront debout, mais peut-être un peu voûtés ; ils marcheront sur leurs pattes postérieures d'un pas court mais chaloupé, ils n'en continueront d'ailleurs pas moins à grimper ; ils porteront une denture à émail épais pour consommer fruits, graines et tubercules ; ils développeront un cerveau à organisation humaine, mais à volume toujours réduit.

L'héroïne de cette belle histoire était donc de ceux-là. Si délicatement décrite par Pierre Pelot, on la voit bien, petite, velue, souvent accroupie, parfois redressée, marcher, grimper et balancer son corps d'arbre en arbre ; on la voit, gourmande, rechercher les buissons à baies et les plantes à racines agréables, tandis que l'écœure la moindre senteur de viande ; on voit même un jour quelqu'un de sa harde, l'un de ceux « d'une même habitude » qu'elle, se servir par nécessité d'une pierre pour se défendre ; mais l'on voit surtout, à chaque instant de ce joli récit, poindre la conscience et affleurer l'émotion.

Et il y a 3 millions d'années, enfin, apparaissait notre genre, le genre *Homo*, les premiers humains, auxquels appartient le héros de l'histoire. Puisque apparaît soudain l'Homme, quel est donc l'événement qui survient alors ?

C'est cette fois un événement global, un rafraîchissement général de la Terre, traduit en Afrique orientale par un assèchement encore plus grand ; les derniers bouquets d'arbres disparaissent au profit de la grande prairie et parfois du désert. Les Antilopes de brousse cèdent la place aux Antilopes coureuses, les Hipparions au Cheval, les rongeurs arboricoles aux rongeurs fouisseurs, tandis qu'Éléphants, Rhinocéros, Cochons développent la hauteur ou la longueur de leurs molaires parce que l'herbe use beaucoup plus que la feuille ou l'écorce.

L'adaptation des Hominidés à ce nouveau changement concernera le cerveau et la dentition. Leur cerveau se développe en effet, quantitativement cette fois, et la conscience émerge complètement, entraînant avec elle émotion et curiosité ; leur dentition se transforme aussi, et le régime s'étendra à la viande, entraînant avec la recherche du gibier, charognage et chasse, organisation et mobilité ; inutile de préciser que l'outillage abondant et permanent se multipliera et se diversifiera, comme se développeront les activités qui les emploient.

Le héros de l'histoire était donc de ceux-ci, vigoureusement esquissé par Tanino Liberatore. On le voit bien, plus grand que sa cousine, le visage plus plat, la toison moins régulière, marchant droit et longtemps, mais grimpant peu et mal, gourmand de tubercules mais aussi de cadavres ; on le voit parmi les siens, nombreux, participer à l'encadrement de la marche ou à la veille de la nuit ; on le voit choisir des pierres, les ramasser et les lancer pour exercer son adresse ou écarter les prédateurs. Et l'on voit surtout, au creux de cette force sereine d'un groupe important et organisé, s'établir en permanence la conscience de soi, du groupe, de l'autre, du danger, de la mort, et apparaître la générosité, la sympathie, la séduction et l'amour.

Je salue le talent de Pierre Pelot, qui est ainsi parvenu, avec prudence et élégance, à faire vivre quelques jours pour notre plaisir quelques-uns des derniers Australopithèques *(afarensis)* et quelques-uns des premiers Hommes *(habilis)*, et à nouer entre eux une idylle d'une très grande pudeur. Les grands traits des uns et des autres apparaissent au coin d'une attitude, au détour d'une réflexion ; leurs comportements et leurs habitudes se dessinent au fil de l'action, et l'extraordinaire poussée de la conscience qui parfois émerge, se détecte à chaque pas comme une pression à la fois inexorable et difficile. Que dire scientifiquement ? Que certains traits sont incontestables, certains comportements probables, la montée de la réflexion certaine, mais indémontrable. L'histoire est de toute façon belle, la poésie y trouve son compte, et la préhistoire ne la reniera pas.

Les disciplines qui ont ainsi pour objet de raconter notre histoire donnent donc des éléments de réponse aux questions « d'où viens-je ? », « où vais-je ? » que se posent les Hommes, avec une angoisse que s'efforcent d'apaisser mythes et religions, depuis que leur est venue, il y a 3 millions d'années, la conscience. Ces disciplines nous apprennent donc, ce qui est à la fois merveilleux et rassurant, que l'Homme est enfant des étoiles, participant de la même histoire que l'Univers, la Terre ou la Vie ; elles nous apprennent que l'Homme est apparu, de manière événementielle, en Afrique est-équatoriale, parce que cette région du monde s'était cassée, il y a 8 millions d'années, et qu'elle s'était desséchée il y en a 3, et que les 5 milliards d'hommes qui peuplent aujourd'hui la Terre ont cette même origine. Elles nous apprennent encore que, si l'Homme a donc incontestablement une ascendance animale, il n'en a pas moins développé, grâce à l'environnement culturel qu'il a créé, des caractéristiques nouvelles, liberté et responsabilité, dignité et fragilité, qui en font ce drôle de petit Mammifère sans précédent dans toute l'histoire de la Vie. Ce sont, il y a 15 milliards d'années, l'expansion de l'Univers, et, il y a 3 millions d'années, celle de la connaissance, qui nous ont fait ce que nous sommes. Ces disciplines donnent ainsi un sens à notre nature et, en décrivant notre passé, permettent d'entrevoir et gérer notre avenir. En nous apprenant comment est née notre curiosité et comment elle s'est développée, ces disciplines nous expliquent encore comment se poursuivront inexorablement nos recherches en génie génétique ou en physique nucléaire, nos explorations spatiales ou nos colonisations galactiques ; mais elles nous expliquent aussi comment nos sociétés, parce qu'elles se mondialisent, sauront de mieux en mieux s'organiser et poser des garde-fous aux entreprises qu'elles estimeront nocives. Elles nous expliquent qu'une certaine parenté lie tous les êtres vivants, que la biosphère est d'ailleurs peut-être unique, et qu'il faut donc apprendre à l'entretenir même si on la quitte un jour. Elles nous apprennent encore que la destinée de l'Humanité peut, par contre, lui échapper sous l'effet de phénomènes cosmiques, de processus biologiques, ou même d'interventions humaines malencontreuses, et qu'alors notre règne peut s'achever ou, après une forte saignée, reprendre, pour un temps, sur des bases sélectives naturelles, notre environnement culturel s'étant révélé ne pas avoir la parade avec la vitesse et l'efficacité qui auraient convenu. Ces disciplines, dans une impressionnante perspective, nous apprennent donc, avec modestie, à envisager notre avenir sans crainte ni nostalgie, et à gérer notre Terre, et bientôt notre Univers, avec émerveillement.

En nous restreignant cette fois à la période contemporaine, il est tentant d'ajouter qu'en nous apportant la connaissance de toutes les cultures qui existent ou se sont succédé depuis les premiers aménageurs d'outils, peut-être Préhumains, il y a 3 millions d'années, ces disciplines nous ont fait pénétrer dans une nouvelle Renaissance dont nous ne mesurons pas encore bien l'Humanisme universel. Il a suffi, aux XVe et XVIe siècles européens, de redécouvrir l'Antiquité classique pour fonder cette étonnante et féconde période que l'on a appelé Renaissance ; nous avons, en ce moment même, le privilège de recevoir toutes les richesses, toutes les informations, toutes les inventions, toutes les créations de toutes les civilisations du monde ou presque — même s'il nous en manque quelques-unes — et le luxe de pouvoir y puiser l'influence de notre choix ; notre propre culture mondiale de la fin de ce millénaire ne peut que s'en nourrir, et ne pourra, avec un peu de recul, que s'en montrer enrichie et imprégnée. Nous sommes en train de vivre, de manière évidemment en partie inconsciente, cette grande époque.

Pour le lecteur qui n'en serait pas averti, rappelons qu'une expédition codirigée par un géologue français, Maurice Taïeb, un paléoanthropologue américain, Donald Johanson, et un paléontologiste français, moi-même, découvrait, dans l'Afar éthiopien, de 1973 à 1977, plus de 300 restes squelettiques d'ancêtres de l'Homme vieux de 3 millions d'années. Parmi ces restes, certains d'entre nous reconnurent, en contemporanéité, un Préhumain nouveau, *Australopithecus afarensis,* nommé par Donald Johanson, Tim White et moi-même en 1978 (représenté notamment par 52 fragments d'un même individu de sexe probablement féminin que nous baptisâmes Lucy et qui devint célèbre) et un humain probable, *Homo habilis* (?). Bien que nos avis divergent — ce qui et le propre d'une science en cours d'élaboration — sur la réalité de cette coexistence, sur la position de ces Hominidés dans notre arbre phylétique, sur l'analyse de certains de leurs ossements et sur l'interprétation consécutive de certains de leurs comportements, je pense personnellement que ces deux ancêtres sont vraiment représentés dans notre collection, qu'ils ont vécu côte à côte dans ce pays, à cette époque, et que leurs caractéristiques étaient suffisamment différentes pour représenter plutôt un cousinage qu'une véritable filiation simple.

C'est à la fois de la notoriété de Lucy — devenue un peu le symbole de l'origine et de l'évolution de l'Homme — et de cette curieuse période où coexistent deux Hominidés de natures différentes — tous deux en proie à la croissance de la conscience — qu'est née l'idée de ce livre. Ce fut, en effet, une grande époque de notre histoire, d'allure bien étrange, certes, vue de notre millénaire, mais dont l'existence, quels que soient les débats sur les détails, ne peut faire de doute. Je salue donc l'initiative de la direction de la Fondation 93 qui a réuni écrivain, dessinateur et scientifique, et remercie Pierre Pelot et Tanino Liberatore d'avoir bien voulu lire et écouter, respecter les données, en interpréter d'autres, et inventer juste assez pour que l'ensemble soit agréable, original, coloré, sensible et beau. Qui peut vraiment dire si cette histoire n'est pas le récit d'un fait réel ?

Yves Coppens
professeur au Collège de France

Bibliographie

Robert Clarke, *Naissance de l'Homme*, Éditions du Seuil, 1980 et coll. « Points Sciences », 1982.

Yves Coppens, *Le Singe, l'Afrique et l'Homme*, Fayard, 1983, et Hachette Pluriel, 1985.

— *Préambules*, Éditions Odile Jacob, 1988.

Yves Coppens et Phillip Tobias, *Les Plus Anciens Hominidés*, Éditions du Laboratoire de paléontologie humaine préhistorique, 1976.

Denise Ferembach (sous la direction de), *Les Processus de l'hominisation*, Éditions du CNRS, 1981.

Denise Ferembach, Charles Susanne, Marie-Claude Chamla (sous la direction de), *L'Homme, son évolution, sa diversité*, Éditions Doin, 1986.

Émilienne Genet-Varsin, *Les Hommes fossiles*, Éditions Boubée, 1979.

Jean-Louis Heim, *De l'animal à l'homme*, Éditions du Rocher, 1988.

— *Sept Cent mille siècles de l'histoire humaine*, Éditions Eyrolles, 1979.

Donald Johanson et Maitland Edey, *Lucy, une jeune femme de 3 500 000 ans*, Robert Laffont, 1983.

David Lambert, *Guide de l'homme préhistorique*, Larousse, 1987.

Richard Leakey, *Les Origines de l'homme*, Arthaud, 1979, et Flammarion, coll. « Champs », 1985.

André Leroi-Gourhan, *Les Chasseurs de la préhistoire*, Éditions A.-M. Métailié, 1983.

— *Le Fil du temps*, Fayard, 1983, et Éditions du Seuil, coll. « Points Sciences », 1986.

André Leroi-Gourhan (sous la direction de), *Dictionnaire de la préhistoire*, PUF, 1988.

Louis-René Nougier, *Dictionnaire de la préhistoire*, Hachette Jeunesse, 1985.

Joseph-Henri Rosny, *La Guerre du feu*, Gallimard, 1982, et Le Livre de poche/Jeunesse, 1980.

Josef Wolf, *Encyclopédie des hommes de la préhistoire*, Messidor/La Farandole, 1977.

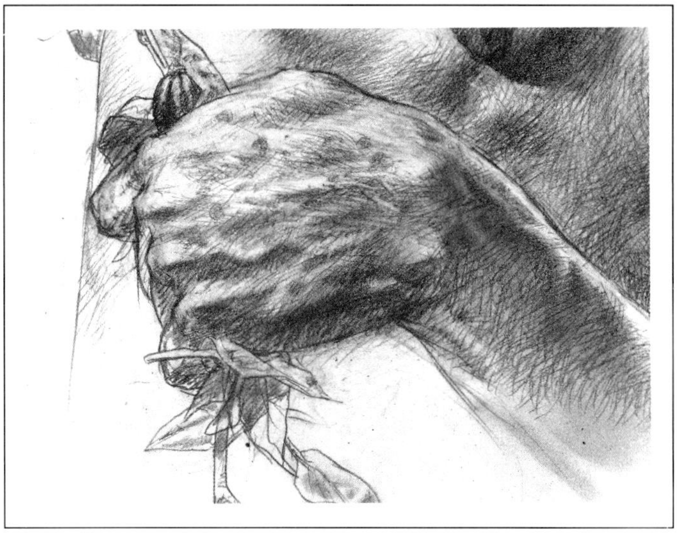

Table

Photogravure : France-Photogravure, à Lyon.
Achevé d'imprimer par Maury-Imprimeur S.A., à Malesherbes.
Dépôt légal : octobre 1990. N° 12503 (H90/31181).